ヴァン
エルダ
シャーロット
モア

リューシャ
メディナ

contents

妹ちゃんの言うとおりにしていたら覇王になっちゃったけど、どうしよう？ 1

レオナールD

BRAVENOVEL
ブレイブ文庫

プロローグ　亡国の王女

「そんな馬鹿な……たった半日でこの城が落ちたというの……!?」

門が破られ、大量の兵士が城内になだれ込んでくる。

難攻不落。建国より三〇〇年間、一度として敵兵の侵入を許すことがなかった王城の不敗神話が幕を下ろそうとしていた。

「国王を探し出せ！」

「あのクソ王太子はどこに行きやがった!?」

「さんざん搾り取りやがって……今度は俺達がテメエらを吊るす番だ！」

口々に王族への罵倒を放ちながら、敵兵が容赦なく城内に踏み入ってきた。

彼らの顔は怒りと勝利に興奮しており、血に酔いしれている。

城内に残っていた使用人と兵士が逃げ回る。王城に敵が入ってきたというのに、その場で踏みとどまって戦うものは誰もいない。

敵はもちろん、味方すらもわかっているのだ。

この国の王族はもうダメだと。守る価値のない存在であると。

「私がしてきたことはなんだったの……この国を救いたかった。守りたかったのに……！」

城の窓から敵兵を見下ろし、嘆きの言葉を口にするのは王族の一人。

国王の娘である、メディナ・アイドラン王女であった。

アイドラン王国は何年も前から腐敗していた。

搾り取れる限りの税をかけ、けれど公共事業などで国民の生活に還元することなく。特権階級の人間が贅沢の限りを尽くしている。

国王はひたすら高い酒を国外から買いあさって、食事する鯨のように飲み干していた。

王妃はドレスや宝石で自らを飾りつけることにしか興味はなく、毎晩のように夜会を開いている。

そして……次期国王になるはずだった王太子は市井《しせい》から気に入った女を連れ去り、側近と一緒になって嬲《なぶ》っては捨ててを繰り返していた。

そんな中で、メディナはただ一人、国の未来を憂いて国政を立て直そうと尽力している。

両親や兄を諌めながら、彼らから少しずつ権力を削ぎ落とし……民のための国造りに励んでいたのだ。

だが、そんな努力が実を結ぶことはなかった。

メディナの改革が目に見えた成果を出すよりも先に、民衆による反乱が起こったのである。

民衆が蜂起した当初、国王をはじめとした王族はそろって高を括っていた。

クーデターなどうまくいくわけがない。すぐに兵士と騎士によって鎮圧されるだろう。首謀者が首を吊られることになるだろう……と。

そんなふうに楽観して、城が落ちる直前まで変わることなく贅を極めていた。

だが……彼らにとって、大きな誤算があった。

反乱を率いているのは王国最強の騎士と呼ばれたヴァン・アーレングスであり、彼の圧倒的なカリスマによって国を守る騎士の半数が王家を裏切っていたのだ。

ヴァンは隣国との戦争によって大きな手柄を立てた騎士なのだが……平民出身であったために権威主義の王太子に嵌められてしまい、辺境に左遷が決まっていた。

(だけど……彼は王宮に帰ってきた。大勢の兵士を引き連れて。王国の敵として……)

ヴァンの配下には王家を裏切った近衛騎士もいた。城の構造を知り尽くした反逆軍はわずか半日で城壁を攻略して、王城内部へと踏み入った。

こうなってしまえば、もはや彼らを止める手段はない。

国王も王太子もすぐにでも民衆の前に引きずり出され、首を吊られることだろう。

「まさか……これで終わりだなんてね。結局、私は何もできなかった……」

そして、危機にさらされているのはメディィナも例外ではない。

メディィナは民衆の弾圧などしていなかったし、むしろ彼らのために行動していた。

だが……それを知る者がどれほどいるだろう。

多くの民にしてみれば、メディィナもまた憎い王族の一人。殺すべき対象である。

「姫様！　こうしてはいられません、早く逃げてください！」

メディィナに仕えているメイドが叫ぶ。

窓から外を見下ろしていたメディィナが緩慢な動きで振り返った。

「貴女は死んではいけない方……この国にずっと尽くしていた、かけがえのない御方です！　どうか、城から逃げて生き延びてください！」

「アン……」

メイドの言葉に、メディナが悲痛な顔をする。

自分が生き残ったところで何ができるかはわからない。それでも……ここで死んで何かが変わるとも思えなかった。

「……わかったわ。城を脱出しましょう」

「姫様……！」

「城には王族しか知らない隠し通路があったはず。そこを通れば逃げられるかもしれないわ。まずは生き残って、それから王族としてできることを考えましょう……！」

「それは困るな、メディナ王女殿下」

「…………！」

抑揚のない平坦な声に背筋が凍りつく。

直後、部屋の扉が両断されて、若い男性が姿を現した。

「ヴァン・アーレングス……！」

メディナが噛みつくような顔で男の名を呼んだ。

その男こそがヴァン・アーレングス。

反逆の首謀者であり、かつて最強の騎士とまで呼ばれた英傑であった。

年齢は二十代前半。黒髪黒目。顔立ちは貴族に交じっていても不自然はない程度には整っているのに、その瞳はどこまでも冷たい。

黒い大剣を片手に持っており、屈強な体躯を覆う漆黒の鎧は鮮血にまみれている。

まるで死神だ。正面から目が合うだけで死を決意させるような濃密な殺意を纏《まと》っていた。

「ひ、姫様！　お逃げくだ……」

「アン！」

「…………」

メイドが主をかばって立ちふさがろうとするが、ヴァンが無言で大剣を振り下ろした。鈍い音が響いてメイドが床に倒れる。

「よくもアンを……！」

「殺してはいない。何か問題があったのか？」

倒れたメイドであったが……血を流しているわけでもなく、ただ昏倒している。

ヴァンが大剣の腹部分で首を叩いて気絶させたのだ。

わずかでも力加減を間違えれば、首の骨が折れていただろうに……ヴァンは脳を揺らして意識を奪うギリギリの強さで殴っていたのである。

「丸腰の女性に剣を向けるとは恥を知りなさい！　それが騎士のすることですか!?」

しかし、手加減をしていたからといって、目の前で親しい人間が剣で殴られるところを見たメディナは冷静ではいられない。

ヴァンを怒鳴りつけながら、掴みかかろうとする。

「『騎士のすることか』……」

「ッ……！」

ヴァンはメディナの言葉を復唱しながら、細腕を掴んで捻り上げた。

「確かに、俺は騎士としてあるまじきことをしてしまった。どうして、こうなってしまったのだろうか……？」

「それは……！」

何気なくかけられた疑問の言葉に、メディナは氷の槍で貫かれたような痛みを胸に感じた。

ヴァンは主君である王に刃を向けて、騎士としては許されない狼藉を働いた。

では……それをさせてしまったのは誰か。誰のせいでそんなことになったのか。

「……私達のせいだというの、ヴァン・アーレングス」

「…………」

「私達が王族としての義務を果たさなかったから……民から奪うだけ奪って、責務を果たさなかったから反逆が起こったと言いたいの……!?」

「…………」

メディナが叫ぶ。

ヴァンは無言。メディナの腕を掴んだまま黙り込んでいる。

その沈黙がかえって責めているように感じるのは、メディナの被害妄想だろうか？

「私だって国のために尽くしたかったわ。少しずつではあるけれど父達の贅沢を抑えて、国政を立て直そうとしていた……！」

「…………」

「あと三年。三年もあれば、まともな国にできたのよ。父や兄から権力を奪って、民のためになるような国に作りかえることができたのに。こんな反乱が起こらなければ、きっとアイドラン王国は生まれ変わることができた。それなのに……」

「……何人だ」

それまで黙っていたヴァンが口を開く。

「何人が死ぬんだ？　メディナ王女、貴女が国を立て直すまでに……それまでに何人が命を落とすことになる？」

「…………！」

「俺は頭が悪いからわからない。教えてくれ」

「それ、は……」

たとえ三年後に国政がまともになったとしても、それまでに大勢の無辜《むこ》の民が命を落とすことになる。食料を奪われて、金を奪われて、尊厳を奪われて……枯れた大地の砂に還ることになるだろう。

その犠牲を黙って受け入れろと人々に口にできるほど、メディナは厚顔無恥な人間ではなかった。

「貴方の身柄は保護しよう。大人しくしているのであれば傷つけはしない」

「…………」

メディナは返す言葉もなく、後から部屋に入ってきた反乱軍の兵士に連行されたのであった。

その日、三〇〇年の歴史を刻んできたアイドラン王国は滅亡した。

民衆を焚《た》きつけ、王家に刃を向けさせた首謀者の名前はヴァン・アーレングス。

歴史上で初めて大陸統一を成し遂げ、後世に『統一帝』の称号で語られることになる英雄の覇道はここから始まったのである。

第一章　クーデターが成功したけど、どうしよう？

クーデターを成功させ、一つの国の歴史に終わりをもたらした男……ヴァン・アーレングス。

捕虜として拘束したメディナ・アイドランの幽閉を命じた彼が向かったのは、王城の奥にある一室である。

「…………」

「お疲れさまでした、お兄様」

無言で扉を開くと、一人の女性が出迎えた。

そこはかつて国王が使っていた寝室だった。

天蓋付きの大きなベッド。名のある職人に作られた家具。フカフカとした長毛の絨毯。

部屋にある全てのものが一級品で、庶民の年収百年分をしのぐ品々ばかりである。

「王女殿下を無事に保護できたようで何よりですわ。これで統治がスムーズに進みますの」

「……モア」

ヴァンがベッドで優雅に横になっている彼女の名を呼ぶ。

モア・アーレングス。

ヴァンの妹であり、クーデターを起こした反乱軍の参謀である人物だった。

カラスの羽のような黒髪を腰まで伸ばした小柄な美少女で、あどけない相貌には悪戯っぽい表情が浮かんでいる。

「王女殿下と随分と話し込んでいたようですけど、どんな話をしていましたの？　教えてくださいな。お兄様」

「はい」

「モア……」

「妹ちゃあああああん！　怖かったよおおおおおおおっ！」

ヴァンが涙声で叫んで、妹に縋《すが》りついた。

「ひゃんっ」

ベッドで寝転がっていたところを抱きつかれて、モアが甘い悲鳴を上げる。

兄に押し倒されたような形になっているが……モアは頬を染めて嬉しそうだった。

「王女様ってば、すっごく怒ってたんだよ！　俺のことをすごく睨みつけてきて……思い出しても背筋がゾワッとするよ！　ゾワッと！」

「そうですか、それは可哀想に。よしよし……」

モアが兄の頭を優しく撫でる。慈母のように優しい、包み込むような表情で。

「可哀想なお兄様、いっぱい働いて偉いですねー」

「うう……」

『王国最強の騎士』

『竜殺しにして王殺し』

『一騎にして軍を滅ぼす男』

『ロイカルダン平原の人喰い鬼』

後に様々な異名で呼ばれることになるヴァンであったが、その正体がシスコンで優柔不断な弱気男であることを知る者は少ない。

ヴァンは子供の頃から、物事を考えるのが苦手だった。

思考速度が他者よりも遅く、他の人間が一分二分で考えつく答えにたどり着くのに一時間以上もかかってしまう。

挙句、そうやって考え抜いた答えがまるで見当違いで、よく周りの人間から馬鹿にされて嘲笑を浴びていた。

自分で考え、悩んだ末に導き出した行動が問題を引き起こすことも多いため、ヴァンは自分よりもずっと頭が良い妹に依存していた。

二十を超えた男が妹に縋りつく姿は情けなさ全開。ドン引きするような光景であったが、モアは兄を咎めることはしない。

モアもまた兄を溺愛しており、ヴァンを否定する言葉を口にしたことは一度もなかった。

「妹ちゃん……俺は本当に正しいことをしたのかな？　反乱なんて起こして、国を滅ぼしたのは正しかったのかな？」

ヴァンは力ない声で妹に訊ねる。

彼なりの覚悟を決めて反乱軍のリーダーになったものの、王女に咎められて、そんな覚悟もすっかり揺らいでしまった。

「お兄様。左遷なんて嫌だ、寒い土地に行きたくないと言ったのはお兄様ですわ」

モアが兄の頭を撫でながら、落ち着いた口調で言う。

「王族によって苦しめられている人達を救いたいとも仰いましたね。忘れてしまったんですか？」

「言ったよ。だけど……他にやり方がなかったのかなって」

「あったかもしれません。ですが……それを見つけ出すまでにお兄様は北国へ左遷され、多くの民が命を落としていました。ならば、この結果は不可抗力というものでしょう」

「それは……そうなのかな？」

「はい、そうですとも。悪人が自業自得で落命したのであれば、それが天罰というものです。お兄様は神の意思を代行しただけであり、なんの責任もありませんよ？」

「そうなんだ……妹ちゃんが言うのなら、そうなんだよね……」

「そうですとも」

モアが兄の頭を抱きしめた。

小柄なわりに豊かな乳房で、愛おしそうにヴァンを抱擁する。

「優しいお兄様。これは仕方がないことだったのです」

そう……仕方がないことだった。

唯一、まともな王族であるメディナが国を立て直そうとしていた。

しかし、それが成し遂げられるのには最短でも三年。場合によっては五年以上もかかっただろう。

それまでに、どれほどの民が王族の圧政の犠牲になっていたかはわからない。

国力が低下したタイミングを見計らい、隣国が攻めてくる可能性だってあった。

ヴァンが成し遂げたのは、そんな問題の大部分を片付けるものである。一気に、可能な限り被害が少ない形でクーデターを成し遂げたのだから。

（本当に仕方がないお兄様ですわ……あんな女の言葉で揺らぐだなんて）

兄の頭をギュウギュウ抱きながら、モアはペロリと舌で唇を舐めた。

（本当に優しい。強いのに優しくて弱い……だからこそ、王に相応しい）

モアは気弱な兄を下に見てはいない。

むしろ、そういう人間だからこそ人の上に立つべきだと信じていた。

（お兄様が王になれば、最高に強くて優しくて豊かで温かな国ができるはず。私はそれを見てみたい……）

ヴァンは最強の騎士。類まれな軍才の持ち主だ。

それなのに自分に自信がなく、心が弱くて強い。人が傷つくのを目にして自分も傷つき、それでも誰かを守るために剣を振ることができる。

そんな人だからこそ、モアはヴァンのことが大好きなのだ。

反乱軍を組織して兄をリーダーに祭り上げ、暴政を行っていた王族を打倒させた。

元々、圧倒的な強さを持ちながら、少しも偉ぶらないヴァンを慕っている人間は多い。ヴァンがリーダーになるのを反対する人間はいなかった。

「お兄様は何も悪くありません。もしも自分を責めたくなったのなら、代わりに私を憎んでください な。反乱を起こすことを決めたのは私ですから」

「……それはダメだよ、妹ちゃん」

「え？」

「俺が反乱軍のリーダーだ。城を攻め落とす指揮を執ったのは俺だ。それを誰かの責任になんてしない」

「…………！」

ヴァンがモアの胸から顔を上げて、近距離から妹の目を見つめる。

悲しそうに揺らいでいるのに真っすぐな瞳……モアが大好きな目だった。

「ましてや……妹ちゃんに責任を押しつけたりなんて、するわけない。悪いのは俺。地獄に落ちるのは俺一人だよ」

「はうっ……！」

兄の言葉にモアが身体をのけぞらせ、頬を真っ赤に紅潮させる。

口端からは唾液が流れ落ちて、ベッドのシーツに小さなシミを作った。

「妹ちゃん？」

「し、失礼いたしました。お兄様が格好良すぎて、ついつい濡れてしまいました」

「濡れる？　どこが、何が？」

「いえ……お兄様は気にせずともよいのです」

モアはモジモジと両脚を擦り合わせながら、恥ずかしそうにはにかんだ。

「明日にでも民衆の前で演説をしていただきます。スピーチの内容を考えておきましたので、覚えておいてくださいな」

「うん、わかった。いつも悪いね」

「私は戦いでは役に立ちませんから。これくらいのことはさせてくださいな」

邪気のない透明な笑みを浮かべるモアにヴァンは心から感謝した。

しかし、そんなヴァンは妹の内心に気がついていない。

スピーチの内容は婉曲的な言葉を使っていてわかりづらいが、要約すると「ヴァン・アーレングスが新たな王として君臨する」という内容になっていた。

ヴァンがそれを理解できないのをいいことに、モアはなし崩し的に兄を玉座に座らせるつもりだった。

「それと、メディナ王女殿下の処遇ですが……」

「彼女は殺さない。絶対にだ」

モアの言葉を途中で切って、ヴァンが断言した。

「王女殿下は俺達とは違うやり方だったけど、間違いなくこの国の民を救おうとしていた。あの人が殺されていい理由なんてない」

「……私もお兄様と同じ意見です。彼女は生まれ変わるこの国に必要な人間です」

それはモアの本心だった。

王族の生き残りがいれば、彼女を担ぎ出す人間も現れるだろう。

後顧の憂いを断つために、殺すべきだという意見もあるが……モアは利用価値のほうが大きいと考えていた。

（いくら王族が愚かであっても、血筋を重んじる人間は確実に存在する。王女殿下を無理やりにでも取り込んでしまえば、そういう連中も大人しくなるでしょう）

メディナを盾にすることで、新政府に逆らう人間を減らすことができる。

王族を憎んでいる民衆への生贄は国王と王妃、王太子の三人もいれば十分だ。メディナだけならば救うことができるだろう。

（今頃、彼らも石を投げつけられながら自らの愚かさを悟っていることでしょう……お兄様を冷遇していた罰です）

反乱軍が王家を打倒したのはもちろん国民のためだが……それとはまったく別に、モアには個人的な私怨があった。

（平民出身のお兄様に救われたことを恥じて、ありもしない罪を被せるだなんて言語道断！万死に値します！）

かつて、この国の王太子はヴァンのことを最北端の地に左遷しようとしていた。

いくつか理由はあるが……最大の動機は、かつてロイカルダン平原という場所で行われた戦いである。

隣国との戦争で、ヴァンは王太子の失敗の尻拭いをして敵軍を撃退した。

王太子は自らが無能と誹《そし》られ、ヴァンが称賛を受けるのに屈辱を感じて、八つ当たりで左遷しようとしたのだ。

(あの男は死んで当然の男。他の王族も処刑されて当たり前なのです)

モアは内心で黒い笑みを浮かべる。

結局、モアの行動原理の第一位は『兄』なのだ。第二位が自分。それ以下はどうでもいい。

兄のためならば、国だって滅ぼしてみせる。

アイドラン王国は王となるヴァンに捧げる供物でしかなかった。

「メディナ王女殿下への対応はこちらで考えておきますわ。お兄様はこれまでどおり……」

「うん、妹ちゃんの言うとおりにするよ」

「はい、よろしくお願いします」

ヴァンとモアは抱き合いながら、朗らかに笑う。

あまりにも穏やかでのほほんとした会話。それは一国を滅亡に追いやった首魁《しゅかい》二人とは思えないほど、家族愛に満ちた光景だった。

▽　▽　▽

翌日。予定されていたとおり、王都の住民を集めて演説が行われた。

「私はこの国を愛している！」

壇上に立って人々を見下ろし……ヴァンが声を張り上げる。

「かつて、我らが祖先は人々の自由と生活を守るため、新しい国家を誕生させた。アイドラン王国である！」

「しかし、国を管理し、民を守るはずの王族は腐敗した！　本来は善でなくてはならない彼らが悪にして有害なるものに成り果てた！」

「俺は自らが望むものを信じ、悪と戦うべく立ち上がった！　邪悪なる王権を討ち滅ぼし、祖先に恥じることなく、子孫に胸を張ることができる国家を建国する！」

「馬鹿らしいことと思うかもしれないが、真の革命家は愛によって導かれる！　私はこの国を愛している、民を愛している、その愛をもって新たなる国を誕生させる！」

「俺に力を貸してくれ！　共に新たな国を築き上げよう！」

「「「「オオオオオオオオオオオオオオオオオオオオオオオオオオオオオオオオオオッ！」」」」

その演説の内容は民衆の大多数には理解できないものだった。

当然だろう。話しているヴァンでさえ、妹が書いた原稿をそのまま読んでいるだけで内容はわかっていないのだから。

ただ……民衆というのは多くの場合、理性ではなく感情で動くものである。

彼らは声の大きい人間に従う。

それは時に革命家であり、時に扇動者であり、時に英雄だ。

ヴァンは持ち前の肺活量からとにかくデカい声で人々に語りかけた。その言葉は空気の振動を介して民衆の胸に響き、内容の理解を超えて深く刻み込まれた。

その言葉が正しいかどうかは誰も気にしていない。

ただ……ヴァン・アーレングスという男が自分達の新たな指導者になったのだと、それだけは理解していた。

「ここに堕ちたる王族達へ天罰を下さん！」

「「「「オオオオオオオオオオオオオオオオオオオオオオオオオオオオオオオッ！」」」」

ひと際、大きな歓声が上がった。

民衆の前にかつて国王だった男、王妃だった女、そして王太子だった青年が引きずり出されたのである。

三人はいずれも顔をボコボコに腫らしており、原形をとどめない有り様になっていた。

丸一日、広場にさらし者になり、人々から石を投げられ続けたのである。

「た、たひゅけて……」

王太子が弱々しく呻くが、そのか細い声は民衆の歓声に掻き消されてしまう。

「王族達を処刑台に乗せろ！」

「ハッ！」

ヴァンの命令に従って、兵士達が王族を処刑台に上らせた。

これまで、王族が自分達に邪魔な人間を幾人も殺してきた処刑台である。王族による弾圧の象徴であるはずのそれに……皮肉なことに、彼ら自身が上ることになってしまった。

首に縄をかけると……先ほどまで騒いでいた民衆が途端に静かになる。

「やめ……たすけ……」

「殺《や》れ！」

命乞いの言葉は許されず、処刑は粛々と実行された。

再び、民衆の歓声が上がって……三人の身体がプラプラと宙吊りになった。

▽　　▽　　▽

アイドラン王国で起こったクーデターはこれにて終結した。

しかし、それで全ての問題が片付いたわけではない。

むしろ、大変なのはこれからである。国とは壊すよりも、興すほうがずっと難しいのだから。

「さて……諸君、問題発生だ」

王家打倒から一週間。

王城の中心にある会議室にて、新政府の首脳陣が集まっていた。

ヴァンを筆頭とした騎士。文官の協力者。資金や兵を出していた下級貴族。商人や神官などの平民の代表者である。

彼らが王都を制圧して日は浅いが……すでに掌握は完了している。

王都周辺では暴動や混乱が起こることなく、クーデター直後だと思えないほど穏便に治めることができていた。

(これも妹ちゃんの功績だよね……デキる妹に育ってくれて、お兄ちゃん嬉しい)

会議室にて、上座の席に座ってヴァンがしみじみと思う。

反乱を起こす前に、すでに王都の有力者との折衝は済んでいた。

モアが有力商人や職人、神官の代表者を味方として取り込んでいたおかげで、クーデター終結後も大きな混乱が起こらなかったのである。

今もモアはヴァンのすぐ後ろの椅子にちょこんと座っており、会議を見守っていた。

「説明を頼む」

「はい、かしこまりました」

人前で話すのが恥ずかしかったヴァンは早々に妹に説明を投げた。

兄に促されたモアが立ち上がり、二人きりの時とは異なる真面目な口調で話しはじめる。

「ご存知のとおり……我々は邪悪なるアイドラン王家を滅亡させて、新政府を立ち上げました。王都周辺の土地はすでに掌握しており、地方の貴族からも続々と新政府に恭順する旨の書状が届いております」

モアの説明を会議室にいる面々は神妙な面持ちで聞いている。

二十に満たない小娘だからと馬鹿にする者はいない。

ヴァンの武勇が知れ渡っているように、モアの知略もまた彼らはよく知っているのだ。

「しかし……そんな中で、我々に真っ向から宣戦布告してきた者がいます。王都より東に領地を持っているコルデリック公爵です」

「…………！」

「知ってのとおり、コルデリック公爵は王家の遠縁にあたる家系です。順位は低いですが王位継承権も持っていました。王族が倒れた以上、自分達こそが新たな王であると他の貴族に喧伝しており、我々を不当な反逆者であると糾弾してきました。王都を明け渡さなければ攻め滅ぼす……そんな脅迫とも受け取れる文書を送ってきました」

モアは「フウ……」と溜息をついて、嘆かわしそうに首を振る。

「一応、コルデリック公爵が王位継承権を持っているのは事実です。先の見えない貴族から、彼らを主君と仰ぐ人間も出てくるかもしれません。早めに潰す必要があります」

「和睦はあり得ない……そういうことか？」

ヴァンが訊ねる。

人前のため妹に甘えるような顔は見せない。表情を変えることなく、あくまでも厳格で冷徹な武人の仮面を被っている。

（戦わずに済ませる手段はないかなー。この間いっぱい殺したばっかりだし、もう戦争は嫌だよー……）

　などと内心で考えていることを察しているのは、妹のモアだけである。

「コルデリック公爵は応じないでしょう。それどころか……すでに出兵しており、王都に軍を進めているとのことです」

「なっ……！」

「まさか、もう動き出していたのか!?」

　会議室の中で大きなざわつきが生じる。

　自分達の居城になった王都に攻め込んでくる外敵の存在に、動揺の声を上げた。

　ただし、騒いでいるのは文官や民衆の代表者だけである。

　騎士階級の出身者は落ち着き払っており、少しも浮き足立ってはいない。

　そんな会議室を軽く見回して、ヴァンが口を開く。

「そうか、では戦争だ」

「………」

「……………！」

「戦いを避けられるならば避けたかったが、すでに兵を出しているのであれば戦うほかに選択肢はあるまい。すぐに兵を出す。準備をしろ」

　ヴァンがきっぱりと、迷うことなく断言した。

　即断即決、即行動。

まさしく新政府のリーダーに相応しい態度であったが……これは演技ではない。

ヴァン・アーレングスという人間は考えるのが苦手だ。裏を返せば……考えることなく、明白に答えが出ていることはすぐに決断できるのだ。

（うーん……戦いたくなかったけど、相手が兵を出しているのなら倒さなくちゃね。みんなを巻き込むわけにはいかないし、王都にたどり着く前に殺っちゃおう）

仲間を守る……その大義名分を得たことで、ヴァンは妹の意見を聞くことなく即断した。

そんな頼もしい兄の姿にモアも満足そうに笑みを浮かべる。

「なるほど。王都に籠城するという手もありますが、クーデターが終わったばかりで民を不安がらせてしまいます。だから、野戦で倒す必要があるということですね？　即座に最適解を導き出すとは、さすがはお兄様ですわ」

「…………そうだ」

そこまで考えていなかったのだろう……短い沈黙の後でヴァンが頷く。

「それでは、お兄様が軍を率いて公爵を打倒する。異論がある方はいますか？」

「…………いや」

「ない……大丈夫だ」

テーブルにつく面々が了承の返事をする。

先ほど、騒いでしまった文官などは動揺してしまったことを恥じているようだ。

「では、決定だ。これより進軍する」

ヴァンが椅子から立ち上がる。

会議室内にいた騎士達も続けて立ち上がり、頼れるリーダーの背中に付き従う。

「王都の留守は任せた」

「畏まりました。どうぞお気をつけて……」

頭を下げる妹に、文官らに背中を向けて、ヴァンは王都を出撃した。

たった半日で王城を陥落させた最強の騎士……ヴァン・アーレングス。

クーデター終了後、一週間ぶりの忙しすぎる出陣である。

▽　▽　▽

コルデリック公爵家は建国より続く大貴族である。

王家の血も受け継いでおり、アイドラン王国において筆頭貴族の地位を持っていた。

「ククッ……間抜けな革命家どもめ。奴らのおかげで楽々と王位を奪えるわい！」

領軍五千の兵士を率いて、グラモス・コルデリック公爵が馬車で王都に向かっている。

武人というわけでもないコルデリック公爵は馬に乗るのが苦手なため、移動には馬車を使用していた。

コルデリック公爵は普段であれば自ら戦場に立つような人間ではない。戦時には、息子や親類を代わりに大将として据えることが多かった。

しかし、今回は特別。王都を占領して国王を殺害した反乱軍撃滅の手柄を他人に譲らないために、自ら王都に赴いていたのである。

「王都を獲れば、この私が次の国王か……堪《たま》らないな！」

馬車に揺られながら、コルデリック公爵がほくそ笑む。

コルデリック公爵は野心家である。

『公爵』という高い身分になりながらその地位に満足しておらず、さらに飛躍する機会を虎視眈々と窺っていた。

そして……ようやく巡ってきたチャンス。

反乱軍によって国王が討ち取られてしまい、王都が敵の手に落ちた。

これまでなら、コルデリック公爵が自ら王都に攻め込めば、公爵自身が反逆者になってしまう。裏切り者として、汚名を国中にさらすことになる。

だが……今回は違う。大義名分がある。

王家が滅ぼされた後であれば、コルデリック公爵が王都を占領したとしても、反逆者を討ち滅ぼした正義の人間になることができるのだ。

コルデリック公爵が次期国王になることを妨げる者はいない。

自分を含む貴族や特権階級に虐げられてきた民衆からは不平不満が上がるだろうが……コルデリック公爵にとって、民が口にする意見など虫の鳴き声のようなもの。

聞く価値などなく、民衆の評判がいくら落ちたところで痛痒《つうよう》を感じなかった。

結局、コルデリック公爵もまた処刑された国王と同じ穴の狢《むじな》なのだ。

仮にコルデリック公爵が次の国王になったとしても、同じように人々を弾圧して贅沢な暮らしをすることだろう。

もっとも……そんな未来はあり得ない。

コルデリック公爵が王都を落とすことはない。

彼は今まさに蜘蛛の巣に飛び込もうとしている羽虫でしかないのだから。

「ム？　なんの声だ。五月蠅《うるさ》いな」

行軍の途中、外から喧《やかま》しい怒号が聞こえてくる。

野心を燃やしていたコルデリック公爵は顔を顰《しか》め、馬車の窓から顔を出す。

「騒がしいぞ！　どうしたというのだ!?」

「公爵様、敵襲です！　何者かが我が軍に攻撃を仕掛けてきました！」

「な、なんだと!?」

あり得ない。

コルデリック公爵は愕然とした。

公爵が自信満々で王都に攻め込もうとしていたのには理由がある。

王城を占拠した反乱軍に内通者がいて、情報を流させていたのだ。

コルデリック公爵が入手した話によると……王都はいまだクーデターの混乱が収まっておら

ず、戦えるような状況ではないとのこと。

攻め込んできた敵を迎え撃つことはできず、王都に籠るのがやっとのはず。

「話が違うぞ！　どうなっているのだ!?」

手に入れた情報が間違っていたというのか。

王都に籠城した敵を囲んで殲滅するつもりだったのに、奇襲を受けるだなんて想定外の事態である。

公爵が叫んでいる間にも、敵の攻撃は続いていく。

どこからか現れた騎士の一団が公爵軍に弓を射かけてきた。

「うわあああああ！　敵だ、逃げろおおおおおお！」

「殺されるぞ！　『ロイカルダン平原の人喰い鬼』が来るぞおおおおおおおおおおお！」

　街道を移動中だったコルデリック公爵の軍勢が混乱に包まれる。

公爵軍は五千だったが、その多くが徴兵した民兵。戦闘の経験はほとんどないため、予想外のアクシデントには弱い。

奇襲を受けたことで散り散りになり、悲鳴を上げながら逃げ出していく。

「待て！　待たぬか！　踏みとどまって戦え！」

コルデリック公爵が怒鳴りつけるが、混乱は収まらない。

逃げずにどうにか敵を迎え撃っているのは正規兵だけ。数は三百ほど。襲撃者の人数は不明だが、練度は明らかに敵が上である。

「ま、まずい……！」

決して武人ではないコルデリック公爵だが……さすがに追い詰められていることを悟る。

コルデリック公爵の脳裏に強い危機感が生じて、慌てて退散を命じようとした。

「に、逃げろ！　撤退だ！　ワシを安全な場所まで連れていけ！」

「遅い」

「ヒエッ!?」

ゾッとするような声は混乱の中、不思議なほど鮮明に聞こえてきた。

弓矢を射かけられて混乱する公爵軍へと、馬に乗った騎士の一個中隊が突っ込んでくる。

数は少ないが勢いは恐ろしく強く、次々と公爵家の正規兵が討たれていく。

先頭で槍を振るっているのは黒鎧の騎士。

その男の名前を恐怖と共に、コルデリック公爵はつぶやく。

「ヴァン・アーレングス……！」

「グラモス・コルデリック公爵。その首を貰うぞ」

驚くほど淡々とした口調で宣言して、ヴァンが突っ込んできた。

「ひ……ヒイイイイエエエエエエエエエエッ!?」

コルデリック公爵が絶叫を上げる。

もしも彼が馬車ではなく馬に乗っていたのであれば、千に一つくらいは逃げ延びる道があったのかもしれない。

だが、方向転換が難しい馬車では逃げるに逃げられない。

コルデリック公爵が恐慌しながらも馬車を降りようとした時には、もう遅い。

ヴァンは兵士の壁を濡れた紙のように破り、すぐ眼前へと迫っていた。

「敵将、討ち取ったり！」

「グベッ……」

ヴァンが投擲した槍が吸い込まれるようにしてコルデリック公爵の背中に突き刺さり、身体を貫通する。

「グ、ゲ……な、何故……？」

地面に倒れるコルデリック公爵は最後まで、自分の身に何が起こっているのかを理解できなかった。

勝てるはずの戦いだった。

負けるはずのない戦い。自分が王になるための通過儀礼。余裕で勝利できる戦争のはず。

（それなのに……どうして、私は何を間違えた。何故、私が殺されることに……？）

薄れゆく意識の中で後悔して……コルデリック公爵はそのまま、永遠の眠りに沈んでいったのだった。


コルデリック公爵は知らない。

王都にいる内通者が意図して、間違った情報を流していたことを。

コルデリック公爵は誘い出されたのだ。反乱軍の強さを彩るための生贄として。

筆頭貴族である公爵家が敗北したことにより、反乱軍に服属することなく抵抗するつもりだった貴族家が次々と降伏することになる。

そんな悪魔のような策略を考えたのがヴァン・アーレングスの妹であることも、最期まで知ることはなかったのであった。

▽　▽　▽

大貴族であるコルデリック公爵が倒されたことにより、それまで日和見をしていた貴族家が新政府に忠誠を誓った。

王都に攻め込もうとしたコルデリック公爵家は伯爵家にまで格下げされたものの、家そのものは存続が許された。

貯めこんだ財産の大部分を賠償金として支払い、公爵の甥にあたる人物が家督を継ぐことになったのである。

「貴族を潰すことは簡単ですけど、我々は人数が少ないですから。ある程度は彼らを生かしておかないと、領地を管理する人間がいなくなってしまいます」

戦後処理を終えて、自室でモア・アーレングスが説明する。

自室といっても、そこはかつて国王が使っていた部屋。今はアーレングス兄妹が共同で使う寝室となっていた。

部屋いっぱいにあった豪華な家具や調度品は数を減らしており、スッキリとしている。

そのほとんどが売り払われて、新政府の活動資金となっていた。

「公爵の息子は父親と同じでろくでもない人物でしたけど、甥はまともな方でしたからね。彼に継いでいただくことになりましたわ」

「えっと……それは公爵の息子さんは納得しているのかな？　絶対に文句を言うと思うんだけど……」

ヴァンが控えめな口調で訊ねる。

アーレングス兄妹はテーブルで向かい合って、アフタヌーンティーを飲んでいた。

妹のモアはリラックスした様子だが、兄のヴァンはおどおどと不安げである。

先日の公爵家との戦いでは軍神のような戦働きをしていたというのに、別人のようだ。

「残念ながら、彼は永遠に文句を言うことはできません。公爵の御子息は金を渡して放逐したのですが……何者かに襲われて殺害されたそうです」

「え……殺害？」

「ええ、彼は領民を虐げていたらしくて恨みを買っていたのでしょう。大勢の人間にメッタ打ちにされて、死体は川に捨てられていたようです」

「……そうなんだ」

ヴァンが同情したような顔になる。

相変わらず優しいことだと、モアは微笑ましく思った。

(まあ、死んでいるのは御子息だけではありませんが)

公爵家の人間……奥方や息子、娘、重臣などはこぞって殺されている。

彼らを殺害したのは公爵家によって虐げられていた人間、そして、今回の戦いによって命を落とした者達の遺族だ。

彼らはヴァンに率いられた新政府軍によって殺されたのだが……モアは情報操作によって、コルデリック公爵が無謀な出陣をしたことが原因であると広めていた。

これにより、新政府に向いていた恨みをコルデリック公爵家に移したのである。

(公爵一家を打ち殺して、彼らも満足しているでしょう。お兄様を憎んだりはしないはず)

たとえわずかな人間であったとしても、兄が憎まれ恨まれるのは好ましくはない。

兄を溺愛しているモアは恨みの矛先を巧みに変えたのである。

「多くの貴族が服属して、旧・アイドラン王国の大部分は掌握できました。そろそろ、先送りにしていた『王』を決めなければいけませんね」

「えっと……本当に決めなくちゃいけないのかな？」

「当然です！　王不在、新しい国名すらも決まっていないなんて状態を、長く続けるわけにはいきませんもの！」

モアがスッパリと切れ味良く断言した。

アイドラン王家を滅ぼして新政府が築かれたが、いまだに新しい国王は決まっていない。

反乱軍の幹部が合議によって政治運営をしている状態が続いていた。

「このまま、みんなで話し合って決めていったらいいんじゃないか？　無理に王様を作る必要はないと思うんだけど……」

「そういうわけにはいきませんわ、お兄様。将来的には国民による合議の政治が当たり前になるかもしれませんが、それはもっと未来の話です。国内の混乱は収まったとはいえ、周辺諸国がいつ攻め込んできてもおかしくない状況で民に政治を預けるのは早計です」

「だからといって……やっぱり、俺には国王なんて大役は務まらないよ」

そう……ヴァンがしきりに恐縮している理由はそれである。

新しい国王を決めるにあたって、モアはヴァンを強く推薦していたのだ。

反乱軍のリーダーであり、新政府の中心人物なのだから当然の判断であったが……ヴァンにしてみれば、堪ったものではない。

ヴァンはその能力に反して自己評価が低かった。

意思が弱く、考えも鈍い自分には王様なんて務まらない……ずっとそう主張していた。

「俺じゃなくても、もっと相応しい人間がいるだろう？　例えば……ユーステスとかロイドとかはどうかな？」

ユーステスとロイドは新政府において、ヴァンの副官をしている人物である。

ユーステスは軍事、ロイドは内政でヴァンのことを支えていた。

「その二人もまた、お兄様に王になってもらいたいと主張しているのです。そもそも……あの二人はお兄様がいるから纏まっていますが、基本的には水と油。一方が王になれば、もう一方は全力で足を引っ張るでしょう。新政府にいきなり内部抗争を起こすつもりですか？」

「えっと……それじゃあ……」

「もちろん、メディナ王女殿下もダメですよ」

兄の考えを先読みして、モアが釘を刺す。

「民衆の中には、いまだに根強くアイドラン王家を憎んでいる者がいます。王家の生き残りであるメディナ王女殿下が次の国王になろうとすれば、必ず混乱が生じることでしょう」

「う……」

「アイドラン王国は滅びなければいけません。国名を変えて、まったく新しい国として生まれ変わらなければいけないのです。そうしなければ、この国は先には進めない」

「…………」

モアが重ねて言い含めると……ヴァンも文句を言わなくなった。

ヴァンには立身出世などの欲はないが、人を救いたい、世の中を良くしたいという願望は人並みにある。

だからこそ、暴君を打ち倒すべく兵を挙げたのだ。

「……わかったよ。妹ちゃんがそこまで言うのなら俺が王になる。だけど、それでみんな付いてくるかな？」

「少なくとも、民の多くは喜ぶでしょうね……お兄様はずっとずっと、人々のために戦ってきましたから」

ヴァンは騎士であった頃から、民のために戦い続けてきた。

盗賊や山賊を倒し、魔物と呼ばれる人外の怪物を倒し、敵国の侵略も退けて。

王や大貴族は平民階級出身のヴァンを認めることはせず、冷遇し続けてきたが……救われてきた者達は恩を覚えている。

「とはいえ……従うのは民衆と下級貴族だけ。ある程度の力を持った大貴族らは表向きには従ったふりをしても、裏ではお兄様を引きずり下ろそうとするでしょう」

「ええっ！　やっぱりそうなのっ!?」

「そうですとも……だから、大貴族らを従える大義名分が必要です。彼らが弓を向けることのできない鉄壁の盾が」

「えっと……何かな、鉄壁の盾って……？」

「フフフッ……」

モアが悪戯っぽく笑って、両手を合わせた。

「メディナ王女殿下をお兄様の妻にすればいいのです。無理やりにでも手籠《てご》めにして、美味しくいただいちゃってくださいな」

第二章　お姫様を手籠めにしたらどうしよう？

メディナ・アイドランは王城の一室に軟禁されていた。

牢屋ではなく客室に入れられており、豪勢ではないものの三食を与えられている。

望めば、監視付きで城の中を出歩くことすら許されていた。


その日もまた、メディナはメイドと一緒に庭園を散歩していた。

「……活気が出てきましたわ。父が治めていた頃とは大違いですこと」

王宮の庭園から城の渡り廊下を見つめて、メディナは物憂げにつぶやいた。

反乱軍によって落城して新政府の拠点となった王城は、日夜、多くの人が出入りしている。

文官や兵士、商人、町の人々。以前は特権階級の人間以外は足を踏み入れることがなかったのに、随分と開放的になっている。

王宮の中で働いている人間の顔はいずれも希望に満ちあふれていた。

以前は王族と一部の貴族以外は暗い表情をしていたというのに、大違いである。

「誰もが未来への希望を胸に抱いている……この国が良くなっていくのだと、確信しているようね」

「姫様……」

沈んだ表情をしているメディナに『アン』という名のメイドも痛ましげな顔をしている。

彼らから少し離れた場所には、見張りの兵士が控えていた。

しかし、彼らのほうからメディナに話しかけてくることはない。

味方ではないが敵というわけでもない立ち位置で、王族に強い恨みを持った人間が詰め寄ってきた時には助けてくれたこともあった。

「姫様、今だけの辛抱です。きっといずれ、城も国も取り戻すことができるはずです！」

「…………」

励ますように力強い言葉をかけてくるアンであったが、メディナの顔は暗いままである。

（本当に……国を取り戻してもいいのかしら？）

メディナは思う。

自分は……アイドラン王家は必要とされているのだろうか？

国王と王妃、王太子が処刑されたというのに、彼らの死を惜しんでいる人間は誰もいない。

喜んでいる人間は山ほどいるというのに。

（私や王家の血を継ぐ貴族らが王として復権したとしても、かえって民を混乱させてしまうだけでしょう。誰も幸せにならない。誰も救われない）

そもそも、どうやって復権すればいいのだろう。

王城には顔見知りの貴族の姿もちらほらとあったが、彼らは露骨にメディナから顔を逸らして挨拶すらしてこなかった。

後になって知ったことだが……彼らは新政府への服属を宣言するため、城にやってきたのだ。すでにこの国の大部分の貴族が新政府の傘下に収まっているらしい。王家を立て直そうとしている者はいない。

（私達は……必要とされていない。国と民に捨てられてしまったのね……）

民を恨みはしない。そんな資格はない。

見放されても仕方がないようなことをしてきたのは、王家の人間なのだから。

「……もう諦めましょう、アン。アイドラン王国は滅んだ。復権は不可能。むしろ、立て直してはいけないわ」

「姫様、そんな……！」

「私も両親やお兄様と一緒に処刑されるべきだったのよ。こんなふうに飼い殺しにされるのではなく、いっそ私も死んでいたら……」

「……それは違う」

「…………！」

「貴方は……姫様に近づかないでください！」

アンがメディナの前に立ちふさがり、盾となる。

いつの間にか、二人がいた庭園に男が入ってきていた。

メディナにとっては顔を合わせたくない人間の筆頭……家族を殺して国を滅ぼした張本人、ヴァン・アーレングスである。

「……アーレングス卿。私に何か御用かしら？」

「………」

メディナが警戒しながら、ヴァンに言葉を投げかけた。

ヴァンはしばし黙り込んでから、視線を逸らして口を開く。

「……少し痩せましたかな？　食事の量が足りていないようならば、増やすようにシェフに言っておきますが？」

「いいえ、問題ないわ。それよりも……質問に答えなさい」

メディナは目の前の男を睨みながら、再度問う。

「私に何か用かしら？　用事もなしに話をするような関係ではないでしょう？」

「……ええ。そうですね」

ヴァンが岩のような無表情で小さく溜息をつく。

その内心はメディナには読めないが、まるで自分が失望されたように感じた。

(いったい、どうしてこんな顔をするのかしら？　私は貴方にとって憎むべき王家の生き残りでしょう？)

メディナにはわからない。

目の前の男が優れた騎士であることは知っている。

騎士団の部下からは慕われており、民衆からの信頼も厚い。

反対に、一部の貴族からは嫌われていたが。

ヴァンが反乱を起こしたりしなければ……メディナはアイドラン王国を立て直すため、もっとも信頼すべき協力者として声をかけていたかもしれない。

「……今日は貴女にお願いがあって参りました」

「あら……何かしら。亡国の王族としてあらゆる価値を失った私に、いったい何を求めているのかしら？」

「…………」

軽い嫌味を向けると、ヴァンが再び黙り込んだ。

最強にして無敵の騎士とまで呼ばれる男が、迷うように視線をさまよわせる。

「……本当にどうしたの？」

「……メディナ王女殿下」

「はい？」

「私の妻になってくれ」

「…………………………………はい？」

思いもよらぬ言葉を受けて、メディナは言葉を失った。

唖然《あぜん》とするメディナと呆然とするアン。

あまりの提案に呆気《あっけ》にとられた二人は気がつかなかった。

気まずそうにしているヴァンの膝が、緊張のあまりガクブルになっていることに。

（い、妹ちゃあああああああん！　やっぱり怖いよおおおおおおおおっ！）

ヴァンが岩のような表情の裏側で妹に助けを求め、泣き叫んでいることに……メディナ達は最後まで気づくことはなかった。

▽　▽　▽

「ありえませんありえませんありえませんっ！」

「……………」

「ありえません……よりにもよって、あの男……本当にありえません！」

ヴァンがメディナ元・王女に婚姻を申し込んでから一時間後。

メディナが軟禁されている部屋にて、メイドのアンが怒り狂った声を上げる。

「姫様の家族を殺したくせに！　国を奪ったくせに！　地位を奪ったくせに！　どうして、どの面をさげて結婚しろだなんて言えるんですか!?」

ヴァンの告白を受けて過剰に反応したのは、当事者のメディナではない。主の傍《そば》で話を聞いていたアンである。

アンはしばし呆然と立ちすくんでいたが、ヴァンの言葉の内容を理解するやメディナを引き剥がし、部屋まで手を引いて逃げてきた。

逃げる際には、虜囚という立場を忘れて罵倒の言葉を吐いており……メディナのほうが顔を青くしてしまったほどだ。

「姫様のお気持ちも考えずに……あの男、次に顔を見せたら刺してやりますよ！」

「……やめなさい。さすがにまずいから」

椅子にクッタリと座り込みながら、メディナがアンを窘《たしな》める。

告白されてすぐに部屋に引っ込んだため、ヴァンに返答はしていない。

ヴァンが婚姻を申し込んできた理由をずっと考えていた。

「おそらくだけど……私と婚姻することによって、この国を支配する正当性を得ることが目的でしょうね」

元・王族という以外にメディナに価値はない。

すでに国内の貴族の大部分は新政府に服属したと聞いているが、それでも、アイドラン王家に忠義立てしている者はいるだろう。メディナとの婚姻は彼らに対する牽制になる。

対外的な部分でもそうだ。

周辺諸国の中には、新政府をこの国の正当な支配者として認めない国もあるだろう。

適当に王家の落胤《らくいん》を見つけて旗印として掲げ、戦争を仕掛けてくるかもしれない。

王家の直系であるメディナを取り込んでしまえば、血統を重んじる者達に対して正当性を主張できるという理屈である。

「それに……私にとっても利益があるわね。少なくとも、王家の血を後世につなぐことはできるのだから」

民に見放されたアイドラン王家。

その生き残りであるメディナにただ一つ、できることがあるとすればそれだろう。

祖先の血を未来につなぐこと。メディナがヴァンと結婚して彼の子を孕めば、生まれてきた子供が次の王になれる可能性はある。

「……彼の要求を拒んでしまえば、本格的に私の利用価値がなくなってしまう。そうなれば、生かしておく理由もなくなるでしょう」

協力者にできないのなら、もはやメディナは邪魔者でしかない。

適当な理由をつけて殺されるのが末路である。

「そ、そんな……それじゃあ、姫様はあの男に嫁ぐのですか？　姫様があんなケダモノに汚されるだなんて嫌です……！」

「アン、これは仕方がないことなのよ」

メディナが涙ぐむアンを慰める。

もしもメディナが死ねば、忠誠を誓っているアンもただでは済まないかもしれない。

最後に残った唯一の忠臣を守るためにも、ヴァンに嫁ぐことが最善である。

「私はあの男に嫁ぎましょう。だけど……心までは奪われはしない」

メディナは決意を固めた……親の仇、国を滅ぼしたヴァンの妻になる覚悟を。

ただし、それはヴァンの脅しに屈したからではない。

メディナはあくまでもアイドラン王国の姫。

国のために、民のために嫁ぐのだ。

「……むしろ、私があの男を骨抜きにしてコントロールしてやるのも、悪くないかもしれないわね。『王を裏から操る影の王』だなんて素敵だと思わない？」

「姫様……」

覚悟を決めて気丈に笑うメディナに、アンはガックリと項垂《うなだ》れた。

（そうよ。アイドラン王国を変えることができなかったのなら、ヴァンが作る新しい国を私の手で導けばいいわ。民が笑って暮らせる理想郷にすればいいのよ……！）

メディナは項垂れているメイドの背中を撫でながら、キュッと唇を強く結んだ。

（あの男を利用してやると考えなさい。どうせ王家の娘として政略結婚をすることになっていたのだし、今さら恐れることはないでしょう？）

ヴァンを利用して間接的に国を支配する。新政府を正しい方向へと導いて、人々を幸せにするのだ。

「そうと決まれば、善は急げね！　今晩にでも彼を招きましょう……！」

「うう……おいたわしいですう……」

アンを慰めながら、メディナはヴァンを呼び出すためにペンを手に取った。

動くのは早いほうがいい。ヴァンが完全にこの国を掌握する前に、虜《とりこ》にしてしまうのだ。

『影の王』となるため、メディナは憎むべき仇に身を差し出す覚悟を決めた。

しかし……メディナの考えには大きな誤算があった。

それはヴァンの背後には、すでに『影の王』がいること。

妹によってコントロールを受けているヴァンは、メディナの思いどおりになど動くことはない。

むしろ……メディナのほうこそ、獣の檻の中に飛び込もうとしているのだ。

▽　▽　▽

「妹ちゃん、どうしよう……俺、やっぱりメディナ王女に嫌われているみたいだ……」

告白に失敗した（?）ヴァンは自室に戻ってくるや、妹に泣きついた。

「メイドの子も怒っていたし……絶対に嫌われちゃったよ！　どうしよう!?」

「よしよし、可哀想なお兄様。そんなに落ち込まないでくださいな」

泣きついてくる兄を胸に抱いて、モアが幸せそうにその頭を撫でる。

「心配せずとも、王女殿下はお兄様のことを嫌ってなどいませんよ。急な出来事で面食らっているだけなのです」

「そ、そうかな？　俺ってば、嫌われてないかな？」

「はい、大丈夫です。間違いありません」

モアが迷うことなく断言した。

迷える兄の悲哀を受け入れて、包み込むように微笑んだ。

「メディナ王女殿下はとても聡明な方です。そして、責任感も強い。彼女はすぐに気がつくことでしょう……自分がこの国に貢献するためには、お兄様の妻になるしか道がないことを」

メディナに残されている道は二つ。

ヴァンの妻となって、新政府の安定のために尽くすこと。

あるいは……名誉ある死を賜ること。最後の生き残りとして命を絶ち、アイドラン王家に終止符を打つことである。

「あの御方は死んで責任を放棄するなどということはしませんわ。賢いので何が自分と従者にとって得なことか判断できるはず」

愚者の行動は予想しがたい。

しかし、賢人であれば正しい道筋を選ぶため、行動の先読みがしやすいのだ。

「早ければ、今夜にでもお兄様を部屋に呼び出しますよ……虜にして、傀儡にするために」

メディナが王族の誇りと権威を取り戻すためには、ヴァンを裏から支配するしかない。

理想に燃える王女であれば、自分が思い描く理想を実現するためにもそうするはずだった。

そこまで考えたところで、部屋の扉が外からノックされる。

「失礼します。アーレングス様、よろしいでしょうか？」

「入れ」

ヴァンが一秒とかからずに態度を正す。

顔に伝っていた涙をぬぐい、威厳ある佇《たたず》まいで立ち上がった。

ドアが開いて、兵士の一人が部屋に入ってくる。

「メディナ元・王女からアーレングス様に渡すようにと、手紙を預かっています」

「ああ、ご苦労」

「それでは、失礼いたしました」

兵士はヴァンに便箋《びんせん》を渡すと、部屋から出ていった。

兵士の足音が遠ざかっていくのを確認して……ヴァンが涙目になる。

「い、妹ちゃん！　王女様からの手紙だよ！　何が書いてあるのかな!?」

「思ったよりも決断が早かったようですね……貸してくださいな」

モアが兄から手紙を受けとり、封を切った。

折りたたまれた紙を開いて視線を滑らし……やがて、満足そうに頷いた。

「どうやら、蝶が蜘蛛の巣に飛び込んできたようです」

「え？」

「お兄様、とてもお目出度いことが起こりましたわ」

モアが唇を吊り上げて、満面の笑みを浮かべた。

天使のような……あるいは、悪魔のような笑みで兄に告げる。

「前祝いに、お酒を飲みませんか？　タップリと……浴びるほどに」

「フウ……」

寝室のベッドに座りながら、メディナは深く溜息をつく。

昼間、ヴァンから婚姻を申し込まれたメディナであったが……その日のうちに手紙を出した。

手紙の内容は、求婚の返事をするので夜に部屋に来てほしいというもの。

（今夜、私は彼を誘惑して抱かれる。あの男に、王家を滅ぼした男に……）

「ハア……」

一族の仇に抱かれることを思うと、自然と溜息が漏れてしまう。

メディナは元々、ヴァンのことが嫌いではなかった。

平民階級の出身でありながら騎士としていくつもの武勲を挙げ、偉ぶったところもない。

民のために尽くして、大貴族に疎まれながらも自分の仕事を淡々とこなす。

そんな実直な騎士に対して、尊敬の感情すら抱いていた。

メディナもまた以前から王家に弾圧されている国民を救いたいと願っており、目指す場所も近かったはず。

（でも、ただ考えが近いだけだった。私と彼とでは根本的に違っていた）

ヴァンとメディナが決定的に違えていたこと。

それはメディナがあくまで『アイドラン王国』という枠内で、民を幸福に導こうとしていたことである。

（だけど……あの男は違った。アイドラン王国は存在してはならないと、国王は死ななければいけないと反逆を起こした）

それは正しい判断だった。当事者でなければ、メディティナもそう思えたはず。

メディナは国の改革を計画していたが、国王らの命を奪うつもりはなかった。

彼らには住みよい田舎に離宮を建てて、そこで生活してもらおうと思っていた。

だが、そんな甘いやり方では時間がかかる。

家族の命を慮った覚悟の足りない改革の実現には、最低でも三年はかかったはず。

『メディナ王女、貴女が国を立て直すまでに……それまでに何人が命を落とすことになる？』

(彼はその三年間で失われることになる命を救うため、反乱を起こした。きっと彼は正しい。覚悟のない私よりもずっと正しいはず……)

「だけど……愛していた」

ポツリと、泣きそうな声でメディナは感情を吐露する。

愛していた。家族を。

父を、母を、兄を……愛していた。

どんな酷い人でも、死んでもらいたくなかったのだ。

国王である父は臆病者だった。小心であるがゆえに民を信じることができず、圧政を敷いて彼らの力を削ごうとした。

王妃である母は繊細だった。傷つきやすいがために隙を見せたがらず、ドレスや宝石で自分を飾り立てて武装していた。

王太子である兄は寂しがり屋だった。孤独を恐れるがゆえに人肌のぬくもりに執心して、手段を選ばずに女性を抱き続けていた。

彼らはいずれも人の上に立ってはいけない人間。権力を得てはいけない人種。

それでも……メディナは彼らのことを心の底から、愛していた。

（ヴァン・アーレングス。貴方は正しい。後世の歴史家すべてが認めることでしょう）

だけど……自分の家族を殺したことは決して許しはしない。

（だから……私は復讐する。貴方に抱かれ、貴方の妻になり、貴方を傀儡にして国を正しい方向へと導く！　この手で民を幸福にする。それが私の復讐よ……！）

民はヴァン・アーレングスの手ではなく、メディナ・アイドランによって幸せになるのだ。

人々を幸福にするという誉れを奪うこと、王たる人間の義務を奪うこと……それがメディナにできる唯一の報復。

（さあ、いつでも来なさい！　私は貴方に抱かれる覚悟ができているわ……！）

本来であれば、婚前交渉など許されるわけがない。

しかし、メディナには時間がなかった。

メディナがヴァンとの婚姻を受け入れたとしても、婚儀が行われるのは新政府が戦後処理を終えてから。

その頃には、国中から志ある者が集まっているはず。

ヴァンの周囲が隙間なく固められてしまえば、メディナが意見を通しづらくなる。

メディナがヴァンを思いどおりに動かすためにも、早急に虜にしなければいけないのだ。

（大丈夫……自分で言うのもなんだけれど、私は美しいはず）

メディナは美しい。国一番の美女と呼べるほどに。

金色に輝く艶のある髪。宝石のように煌《きら》めく青い瞳。肌の色は真珠のように白くて、スベスベとしている。

メディナが全力で誘惑して、落ちない男などいない……そのはずだった。

（絶対に落とす。絶対に……！）

「あ……」

ガチャリと扉が開いて、一人の男が部屋に入ってきた。

ノックもなしに侵入してきたのは予想どおりの人物。

屈強な体躯の騎士。国内最強の武人であるヴァン・アーレングスである。

「……お待ちしておりました。アーレングス卿」

メディナはベッドの上で正座になり、三つ指をついた。

豊満に実った身体を包み込んでいるのは白のネグリジェ。下着同然の格好である。

「このような夜更けにお渡りいただき、誠にありがとうございます。昼間の申し出の返答をさせていただきたく、お呼びいたしました」

「…………」

ヴァンは無言。

頭を下げているメディナにその表情は窺えないが、メディナの艶姿《あですがた》に面食らっているはず。

「まずは返答ですが……とても光栄なことです。是非とも……」

「…………」

「受けさせて……キャアッ!?」

メディナが悲鳴を上げた。

ヴァンの両手が細い肩を掴み、強引にメディナの身体をベッドに押し倒したのだ。

「そ、そんな乱暴ですわ……お願いですから、優しく……」

「…………」

「扱って…………へ？」

そこでメディナはようやく気がつく。

ヴァンの瞳に。そこに浮かんでいる激しいまでの渇望に。

実直で真面目。自分の成すべきことを淡々とこなす真っすぐな騎士。

それがヴァン・アーレングスという男に対する評価だったはず。

しかし、現在進行形でメディナに跨っているのは別人のような野性的な男である。

「……お前を抱く。抵抗するな」

「…………！」

雄々しい言葉に貫かれ、メディナは身じろぎすらもできなくなる。

圧倒的な強者。一騎当千の英雄。

戦に出れば負け知らずの騎士。『ロイカルダン平原の人喰い鬼』。

誰よりも強い最強の『雄』が自分という『雌』を求めている。

本能的な優越感が身体を満たしていき、メディナは愕然とさせられた。

「あ、アーレングス卿！　落ち着いてくださいまし！」

どうにか言葉を搾りだす。

このままではいけない。

処女以上の大切な何かを奪われてしまう。

「お前を抱く。抵抗するな」

しかし、ヴァンは乙女の制止に応じない。

同じ言葉を愚直に繰り返して、乱暴な手つきでネグリジェを破り捨てる。

「ヒッ……！」

メディナはようやく理解した。

ヴァン・アーレングスが傀儡などという立場に収まる男ではないことを。

民を思いやり、世の中を良くしようという願望を抱いているのはヴァンの一面にすぎない。

この男は同時に全てを蹂躙するような支配欲と闘争心も持っているのだ。

(甘かった……どうしようもなく、甘かった……！)

三〇〇年続いた国家を滅亡させられる男が、色仕掛けごときで落ちるわけがなかった。

落とされるのは自分のほう。蹂躙されるべき獲物はメディナだったのだ。

「あっ……」

メディナは短い悲鳴を上げて……男の暴力的な欲望に飲み込まれた。

▽　▽　▽

「アッ……!?」

ヴァンの手が剥ぎ取るようにして、メディナの身体から着衣を奪う。

ネグリジェを奪われて、二つの丸い乳房がこぼれ出た。

育ちが良いからだろうか……メディナの胸はしっかりと育っており、豊満な果実は実に美味しそうである。

「待っ……そんな、乱暴な……アンッ！」

ヴァンの手がメディナの乳房を乱暴に掴んだ。まるで遠慮することなく大きな胸をこねくり回す。これは自分の所有物であると主張するかのように。

「くうっ……そんなに、胸を強く……！」

ヴァンはメディナをベッドに押し倒して、その身体に馬乗りになる。

上から手を伸ばして、屈強な両手でメディナの胸を鷲掴みにして揉みしだいてきた。

「あっ、あっ……アアンッ！」

十本の指が乳肉にめり込むたびに、メディナの口から切なそうな喘ぎ声が漏れ出してくる。

メディナは王女だった。当然ながら……男性からこんなことをされたことはない。

ヴァンに身体を差し出す覚悟はしていたのだが……こうも一方的に責められるのは、さすがに想定外である。

「はっ、んぁ……！　そ、そんなに胸ばっかり……はぅんっ！」

ヴァンの手つきは乱暴なようでいて、悪辣《あくらつ》なほどに巧みである。

上から乳房を押さえつけたかと思うと、全体を揺らしながら優しく撫で、付け根から突起にかけて絞り出すように揉み込んでくる。

最初は強く、続けて優しく、また強く……緩急を込めて胸ばかりを責められて、メディナの口から甲高い嬌声が漏れ出てしまう。

「ひあああああぁ……！」

声を上げながら、メディナはビクビクと身体を痙攣《けいれん》させる。

それは生まれて初めての絶頂。自慰すらしたことがない純粋な姫君が、胸だけで軽く達してしまったのだ。

「な、なにぃ、これえ……」

メディナが絶頂の余韻に涙目になる。

こんなはずではなかった。メディナの計画では……身体を使ってヴァンを虜にして、裏から国政を牛耳ってやるつもりだったのだ。

影の王として国を統治して、国民を平和と幸福に導く……それが故郷を滅ぼされて、家族を奪われたメディナの復讐だったのだ。

「ああっ、んっ……くうっ、やあ……び、ビリビリするぅ……！」

絶頂に達してもなお、ヴァンは止まらない。許してくれない。

なおも胸を容赦なく責めてきた。先端の突起をクリクリと弄り回して、屈辱的な官能を引き出してくる。

（やっ……この手つきは、だめ……このままでは……）

どんどん理性が溶かされていく、このままでは……メディナのほうが籠絡されてしまう。

メディナは必死に快楽を堪《こら》えて、どうにか抵抗の言葉を絞りだす。

「ひ、んっ……や、やめて、やめてください……！」

「…………」

「そんなに胸ばっかり……くうんっ！　い、苛めないでください……！」

「胸は、嫌か？」

「へ……？」

「胸は嫌か？」

拒絶の言葉を口にすると……ヴァンが淡々とした様子で訊ねてくる。

見下ろしてくる熱い瞳にメディナは言葉を失うが……やがて、ヴァンの意図に気がついてしまった。

「ちょ、ちょっと待……ひゃうんッ！」

グリッと両脚の付け根が刺激された。

股ぐらに熱く滾《たぎ》った『剣』が突きつけられたのだ。

「あんっ！　やだ、そこは……ンクウウウン！　そんなに押しつけないでえっ！」

『剣』の先端が敏感な部分をグリグリと刺激してきた。

「胸は嫌だと言っていただろう。こちらならいいだろう？」

「だ、だからって……ひあんっ！」

「安心しろ。すぐにはやらない」

いきなり『剣』を突き刺すような無粋な真似はしない。

ヴァンは逞しくも雄々しい『剣』を使って、ズリュズリュと音を鳴らしながらメディナの股を擦る。

「は……あ、ひあっ、んうっ……クウンッ！」

最初こそ硬さとぎこちなさがあったメディナの下半身であったが、ヴァンが腰を前後させて『剣』で擦るたび、どんどん湿り気を増していく。

五分もそうしていると、止めどなく溢れ出してくる蜜によって『剣』の動きも滑らかなものになってしまう。

「ンアアッ！」

「いい具合になってきたな。そろそろ、欲しくなってきたんじゃないか？」

「ほ、欲しくって……」

耳元で囁かれ、ヴァンの吐息が耳朶《じだ》を舐める。

ゾクゾクと背筋を震わせながら、メディナは蕩けた意識の中でその言葉の意味を理解する。

「ま、まさか……！」

「やるぞ」

「ま、待て……待って！」

メディナが慌てて叫んで、両手で股間をガードする。

「ま、まだ心の準備が……こんな状態でされたら……！」

処女としての本能が叫んでいる。

このまま『剣』を刺されたら、全てを持っていかれてしまう。

メディナの心の大切な部分を根こそぎ蹂躙され、支配されてしまうに違いない。

（ダ、ダメ……このまま抱かれるわけには……！）

「レロ……」

「ひんっ！」

首筋を舐められる。

さらに、止まっていた胸への責めが再開され、大きな乳房がパン生地のように捏《こ》ねられる。

「はあ……んあああんっ！」

柔らかな乳肉をグニグニと弄ばれ、乳首を強めに摘まれると、甲高い嬌声が漏れてしまう。

そうやって意識が別の場所に向かい、両手のガードが緩んだのをヴァンは見逃さない。

両脚の付け根にある大地の割れ目に『剣』の先端をあてがい、一気に奥まで突き刺した。

「キャアアアアアアアアアアアアアッ!?」

予想を遥かに上回る衝撃がメディナを襲った。

「ひう、あ、は……アアアアアアアアア……!」

「なるほど……いいな」

一瞬で訪れた喪失に喘ぐメディナに、ヴァンは満足そうに頷いた。

メディナには知りようもないことだが……彼女の名器はヴァンの『剣』に絡みついてきて、絶妙な強さで締めつけている。

初めてだというのに、まるで運命の恋人に巡り合ったような熱烈な歓迎だ。

「もう馴染んだだろう。動くぞ」

「ヒイッ!?」

一方的に告げられた言葉に、メディナは心から恐怖した。

先ほど、胸を玩具にされた時以上の快楽の予感に襲われる。

自分が自分でなくなってしまうような嵐を前にして、メディナは慌てて頭を振る。

「や、やめえっ!　らめえっ!」

寝所にヴァンを招き入れたのはメディナのほうだ。

自分から誘ったというのに……認識が本当に甘かった。

男という生き物の欲望を、ヴァン・アーレングスという男のリビドーを舐めていたとしか言えない。メディナは己の迂闊さを心から呪う。

（く、来る……だめ、来てしまう……！）

「いくぞ」

「あ、あああ……ンアアアアアアアアアアアアアアアアアアッ！」

メディナの身体を貫いたまま、ヴァンの『剣』が動き出した。

切れ味抜群の名剣がメディナの体内を容赦なく責めて、男を覚えたばかりの女体に圧倒的な快楽を叩き込む。

「ハアアアアアアアアッ！　ンアアアアアアアアアアアアアアッ……！」

メディナが甘く蕩けたような咆哮を放ち、限界まで身体をのけぞらせる。

何度も鳴き、叫び、ヴァンの動きに合わせて体をくねらせ……やがて、絶頂を迎えてベッドに沈んだ。

勝負あり。メディナ・アイドランは仇敵であり英雄でもある男の『剣』によって、完全に打倒されてしまった。

もはや、メディナがヴァンに逆らうことは不可能。

影の王としてヴァンを操るだなんて、夢のまた夢である。

「勝手に寝るな。二回戦だ」

「ヒアアアアアアアアアアアアアアッ！」

しかし……格付けが済んでも、夜はまだ終わらない。

ヴァンは……メディナの身体を貪っている雄獣は、まだまだ満足していなかった。

いまだにメディナの身体を貫いたままの『剣』が再び動き出す。

「な、なんでえっ!?　もう負け、私の負けだからあっ！」

メディナが涙声で訴えた。

先ほど、絶頂を迎えたばかりだというのに、またしても快楽が襲ってくる。

「安心しろ。夜はまだ長い」

メディナの訴えを受けながら、ヴァンの返答はそっけない。

腰の動きを少しも緩めることはなく、なおもメディナを責めてくる。

「んあっ！　あっ、はっ……キャインッ！」

犬のように鳴きながら、メディナは一方的に与えられる快楽にさらされた。

ヴァンの『剣』は少しも衰えた様子はなく、メディナの肉体を内側から苛《さいな》んでいる。

圧倒的な逞しさと持続力。

他の男を知らないメディナでさえ、それが天下の名剣であると確信させられてしまう。

「やっ、あ、アアアアッ！　アアアアアアアアアアアッ！」

(夜は長いって……もしかして、これが一晩中続くの……!?)

嵐のように襲ってくる快楽の中、メディナは辛うじて残っている理性で恐るべき事実を悟ってしまう。

ヴァンは英雄だ。憎むべき国と家族の仇であるが、それはメディナだって認めている。

もちろん、体力だって人並外れていることだろう。

（その体力が尽きるまで、私のことを抱くというの……そんなの、絶対に壊れてしまうっ！）

「ひやあああああああああああああああっ！」

メディナがガクガクと身体を震わせて、絶叫する。

いっそのこと、失神してしまうことができたらどれほど楽だろう。

それなのに、メディナは意識を保っている。

意図してのことではない。ヴァンがあえて気絶しない程度に調整して責めているのだ。

「ご、ごめんなさい！　もう、貴方を操ろうとなんてしないから、許してえええええええっ！」

メディナが必死になって懇願する。

もはや、王族のプライドがどうのと言っていられない。

今のメディナは嵐の海に浮かんでいる小舟と同じ。

ひたすら快楽の波風に翻弄されて、打ちのめされるしかなかった。

「絶頂《い》け」

「ヒアアアアアアアアアアアアッ！」

ヴァンが命じて、同時にメディナが高みに昇りつめる。

細い身体を激しく痙攣させてベッドに沈む。

「次」

「キャアアアアアアアアアアアッ!?」

そして、残酷な宣言と共に再びヴァンの腰が動き出す。

イチュ
ギッ
ズチュ
ギッ
ビクッ
はーっ
ビクン
はー…

メディナは声を上げるだけの人形となり、ただヴァンの『剣』を慰めるだけの玩具にされてしまった。

結局、メディナが解放されたのは明け方近くの時間であった。

凶暴な雄によって二十回以上も絶頂させられたメディナは、完全に……それはもう、身も心もヴァンに屈服していたのである。

第三章　決闘を挑まれたけどどうしよう？

「い、妹ちゃん……どうしよう。王女様に乱暴なことをしちゃったよ……」

メディナに求婚した翌日。

ヴァンはいつもと同じように妹に泣きついていた。

「お酒に酔って、お姫様を襲っちゃった。未婚なのに、結婚式も挙げてないのに……！」

「あらあら、それは大変ですこと」

兄に抱き着かれながら、モアが恍惚とした笑みを浮かべた。

（思いどおりになったようですね……さすがはお兄様ですわ。一国の姫であった女性を蹂躙するだなんて並の男にはできませんもの）

今回の展開も、もちろんモアの掌の上である。

ヴァンは昔から酒癖が悪かった。

ごく限られた人間しか知らないことだが……酒を飲んだヴァンは急に野性的になり、普段は一歩引いて接している女性に対しても遠慮がなくなるのだ。

（お兄様は歴史上でもまれなほどの戦士。軍神の化身のような方です。普段は優しいのでそういった面は隠れているのですが、お酒を飲んだ時だけ表面化するのでしょうね）

ヴァンは優しくて気弱な性格だ。理由がなければ他者を傷つけることは決してしない。

理由があったとしても、他者を傷つければ自分自身の心を痛める。

そうやって普段は抑圧されている戦士の本能が、酒に酔った時だけ現れるのだ。

「大丈夫です、お兄様。これは必要なことだったんですもの」

「必要なこと？」

「メディナ王女殿下は他の王族のように腐ってはいませんでしたけど、彼らを放置していたという点では罪があります。実際、彼女にも責任を取らせるべきだと主張する者も少なくはありません」

「でも……国王達の暴走は王女様にはどうしようもなかったんじゃ……」

「そうですね。だからこそ処刑はしなかったし、牢屋にも入れてはいません。だけど……けじめは必要だと思いませんか？」

メディナは清廉な人格者で、腐敗した王国を立て直そうとしていた。

それでも、彼女が民の血税によって生活していた王族の一人であることに違いはない。

「家族の仇であるお兄様に抱かれ、子を孕むことこそが王女殿下にとっての罰になるでしょう。お兄様が罰を与えることで、初めて彼女はアイドラン王家の人間ではなく、一人の女性に戻ることができるのです。だから、安心してこれからも抱いてあげてください」

「…………」

「もっとも……罰を与える立場であるお兄様がそのことで傷ついてしまうのは良くありませんね。もしもお兄様が王女殿下を懲らしめることが辛いというのであれば、別の男性にお願いしても……」

「ダメだ」

ヴァンが妹の言葉を切り、断言した。

「それはダメだ。王女殿下を他の男には渡さない」

「……………」

絶対に譲らない……そんな傲慢さすら孕んだ言葉にモアは笑みを深くする。

(そうです。それでよいのです)

ヴァンは優しい人間だが、王となるには『欲』が足りない。

もっともっと求めるべきだ。傲慢であるべきだ。

満たされることなき渇望こそが、覇王になる者の素質なのだから。

「はい、それではそのように。覚悟を決めた以上、これからもお兄様には王女殿下を罰していただかなければ困ります。今後も夜に王女殿下を訪ねる時には、事前にお酒を飲んでおくようにしてください」

「えっと……なんで？」

「女性はちょっと強引な殿方を好ましく思うのです。お酒の力で勢いをつけておいたほうが絶対に良い結果を生むでしょう」

「よくわからないけど……妹ちゃんがそう言うのなら従うよ。妹ちゃんはいつだって正しいからね」

「過分な評価をいただいて恐縮です。今後ともよろしくお願いいたします」

これでよい。

ヴァンは指示されたとおり、これからも酒を飲んでメディナのところに通うことだろう。

メディナはヴァンを虜にして操ることを考えているかもしれないが……はたして、いつまで野心を持ち続けられるだろうか。

圧倒的な強者に求められ、食らいつかれて。それでも、ヴァンに対して優位に立てるという幻想を抱けるものだろうか。

（絶対に不可能ですわ。私が保証します）

そう、それができないことはモアが誰よりも知っている。

ヴァンには勝てない。

争うことすら、おこがましい。

それはモアが我が身をもって、他の誰よりも痛感していることなのだから。


かくして、ヴァン・アーレングスとメディナ・アイドランの婚姻が正式に発表された。

結婚式の予定は未定であるが、おそらく戴冠式と合わせて行われることだろう。

資金節約という理由もあったが、国王らによって犠牲となった者達の喪に服すためだと発表されていた。

王家の生き残りであるメディナが嫁いだことは、アイドラン王家が完全に滅亡したことを意味している。

面従腹背。アイドラン王国を復興しようと暗躍していた一部の貴族は、反撃の大義名分を失ってしまった。

二人の婚姻が発表されると同時に、新たな国の建国もまた宣言される。

国名は『アーレングス王国』。

ヴァンがしきりに恐縮して嫌がり、それでもと周囲の人間に後押しされた国号に決められた。

初代国王となったのはもちろん、ヴァン・アーレングス。

反乱の立役者であり、最強と謳われる騎士が王として君臨したのである。

▽　▽　▽

そんな順風満帆と思われた中で、事件が起こった。

「あわわわわっ！　決闘を挑まれちゃったよ、どうしよう妹ちゃん！」

王の執務室にて。いつものようにヴァンが混乱の悲鳴を上げた。

その部屋はヴァンが王として仕事をするための部屋だが、実質的な主は妹のモアである。

部屋にはヴァンとモア以外はおらず、防音も完璧。

ヴァンが気弱な発言をしたとしても、それを聞いてしまう人間はいないだろう。

「落ち着いてくださいい、お兄様。まずは現状を確認しましょう」

錯乱して泣きついてくる兄の頭を撫でながら、モアがいつものように慈母の笑みを浮かべる。

今回、ヴァンを追い詰めることになったのは王宮に届いた一通の書状。それは東の辺境に領地を持ったウルベルス辺境伯からの手紙である。

ウルベルス辺境伯は手紙の中で、新国家樹立とヴァンの即位に祝いの言葉を述べていた。

しかし、手紙の最後にはそれを覆す記載。辺境伯領と周辺地域がアーレングス王国から独立を検討している旨が書かれていた。

「や、やっぱり俺なんかが王になっちゃダメだったんだよ！　俺が情けないから、ウルベルス辺境伯も離れていこうとしているんだ！」

「お兄様、それは違いますよ。手紙には『独立を検討している』としか書かれていません。検討しているだけで、独立するとはハッキリ書かれていませんよ」

本気でアーレングス王国から離れたいのであれば、勝手に独立を宣言してしまえばよいのだ。こちらが独立を認めるかどうかは別として、ご丁寧に事前申請する意味はない。

「それで……独立をしないための条件が『決闘』ですか？」

「うん……」

そうなのだ。手紙には独立を検討しているが、ヴァンが決闘に応じれば考え直すと書かれていた。一国の王に対して決闘を挑むなど不敬極まりないことである。

「とはいえ……あの御仁であればおかしくはありませんね。なんたって、王国一の武闘派として知られるウルベルス辺境伯ですから」

ウルベルス辺境伯は東の国境を守護している貴族で、武闘派として有名な人物だ。

幾度となく東の敵国の侵略を退けており、王家の盾としての役割を果たしていた。

彼らは武門の名家だけあって、脳筋な部分がある。なんでもかんでも力ずくで解決しようとする傾向があるのだ。

わざわざ決闘を挑んできたのも、ヴァンが王として相応しいか武力によって見極めようとしているのだろう。

「相手がウルベルス辺境伯であるならば話は簡単です。求められたとおりに決闘に応じて、正面から堂々と倒せばよいのです」

ウルベルス辺境伯は曲がったことを嫌う。

決闘と称してヴァンを暗殺しようだなんて小細工は考えていないだろう。

「えっと……倒しちゃっていいの？　それなら簡単なんだけど……」

「簡単……ですか。さすがはお兄様ですわ」

ウルベルス辺境伯はかつて『最強』と呼ばれていた武人である。

現在、王国最強がヴァンであるならば……二つ上の世代での最強は、間違いなくウルベルス辺境伯だ。

武勇伝も年の分だけ多く、諸外国にその圧倒的な強さが恐怖と共に広まっている。

「クーデターが起こったにもかかわらず、東の帝国がその隙をついてこないのも、ウルベルス辺境伯が目を光らせているおかげでしょうね」

「ふうん、立派な人なんだね」

「ええ……ですから、できることならば生きたまま傘下に入ってもらいたいものです」

「うん、任せてくれ」

ヴァンが珍しく自信満々に胸を叩いた。

難しいことを考えるのが苦手なヴァンであったが、得意分野には強い。

余計なことを考えずに戦うだけならば、こんなに楽なことはなかった。

「ウルベルス辺境伯は俺が倒すよ。それじゃあ、さっそく東に行ってこようかな？」

「書状には、こちらから王都に伺うと書いてありますけど？」

「ウルベルス辺境伯はお爺さんなんだよね……さすがに来てもらうのは悪いよ。国境守護の仕事もあるだろうから、俺のほうが行くよ」

ヴァンが当然のことのように言う。

王が自分から城を出て臣下の領地を訪ねるなど、普通に考えたらあり得ない。

少なくとも、かつてこの地に君臨していたアイドラン王であれば絶対にしなかった。

「どうせ俺がここにいてもやることはないからね。妹ちゃんがいてくれたら仕事はないし、メディナさんもいるからね」

ヴァンは戦いこそ誰よりも得意だが、内政は苦手だ。

王としての政務はほぼ妹に任せきりになっている。

最近では、婚約者になったメディナも手伝ってくれていた。

会うたびに、顔を真っ赤にして睨みつけられているものの……真面目な性格の女性である。仕事は実直にやってくれている。

「じゃあ、ちょっと行ってくるよ。すぐに戻ってくるから心配しないでね」

「お気をつけて。早馬でお兄様が行くことは伝えておきますので、どうぞ存分なる戦いを」

ヴァンは買い物に行くような気軽さで告げて、東の国境地帯へと向かっていった。

▽　▽　▽

「お爺様、兵を出しましょう！　王位を簒奪《さんだつ》した謀反人を討つのです！」

「そうです、辺境伯様！」

「偽王に仕えるなど武人の恥！　王都に攻め込みましょう！」

「………………」

臣下と傘下の下級貴族、そして孫娘からの訴えを聞いて……老人は渋面になる。

場所は東の国境である『アームストロング要塞』。

幾度となく東の大国からの侵略を食い止めてきた要所である。

そんな守りの要を任されているのがその老人……ネイバー・ウルベルス辺境伯だった。

要塞の中枢にて、ウルベルス辺境伯は部下と孫娘から詰め寄られている。

彼らの訴えの内容は一つ。王都を占領した反乱軍を殲滅するべきだという主張である。

「お爺様、我らは武人。戦うことしかできない戦士です！　王にとって我らは道具でしかないでしょう。しかし……それでも、仕える主君を選ぶ権利はあります！」

「…………」

「反逆によって王位を奪った謀反人に剣を捧げるなど言語道断！　アイドラン王家に仕える臣下として、反乱軍を討つべきです！」

「……そうか、それがお前の考えか。リューシャ」

ウルベルス辺境伯にとって何よりも頭が痛いのは、詰め寄ってくる面子の中に可愛がっている孫娘がいることだ。

リューシャ・ウルベルス辺境伯令嬢。

銀色の髪をポニーテールにまとめており、顔立ちは整っているが目元の鋭さのせいで男を寄せ付けない冷然たる麗人である。

「当然です。反逆者は殺して首をさらさねばなりません！　それが道理なのですから！」

「…………」

（まったく……我が孫は血の気が多いというか、猪武者というか……いずれ辺境伯家を継ぐ者として思慮を身に付けてもらわねば困る。いったい、誰に似たことやら）

孫娘の将来を案じるウルベルス辺境伯であったが……彼自身も、若い頃は似たり寄ったりの無鉄砲だった。

ウルベルス辺境伯家は武門の名家である。一族郎党、脳筋が多い。

ウルベルス辺境伯自身もわりと最近までそうだったのだが……一〇年前に息子夫婦を亡くしてからは、心境に変化が起こっていた。

当主である自分がもっと思慮深く行動していたのであれば、あるいは息子達が死ぬことはなかったのかもしれない。

そんな反省から、短慮を避けるようになったのだ。

「お爺様、どうぞご決断を！」

(だが……我が孫もウルベルスだな。ワシや息子の若い頃とそっくりだ)

しみじみと考えているウルベルス辺境伯に、リューシャがなおも言い募った。

だが……ウルベルス辺境伯も譲れない。首を横に振って、彼らの陳情を却下する。

「戦はせぬ。これは決定事項だ」

「お爺様！」

「わからぬか？　我らが王都に軍を出せば、東の大国が動くのだ！」

「ッ……！」

リューシャが、他の者達が息を吞《の》む。

東の大国であるシングー帝国は大陸最大の版図を持った軍事国家であり、あちこちに戦争を吹っかけては領土を増やしている。

この国にも例外ではない。何度となく攻め込んできては、アームストロング要塞を舞台にして激戦を繰り広げていた。

「そなた達の言い分はわかるが……帝国めにこの地を奪われるわけにはゆかぬ。リューシャ、お前の両親を殺した帝国に辺境伯領を差し出せというのか？」

「………………」

リューシャが唇を噛んで黙り込む。

リューシャは正義を愛して仁義を重んじる女であったが、情は誰よりも深い。

家族を殺した帝国の名前を出せば、さすがに冷静にもなる。

「クッ……！」

「帝国は……いけませぬな」

他の者達も同様だったようで、悔しそうな顔になっている。

「では……大人しく我々も従うというのですか？　三〇〇年の恩義があるアイドラン王家を裏切り、アーレングス王国なる得体のしれない国の一部となれと言うのですか？」

「……それしかあるまい。帝国に降るよりはマシだ」

「そんな……」

リューシャが拳を固く握りしめる。

爪が刺さり、掌からわずかに血の粒が床に落ちた。床を汚す真っ赤な染みがリューシャの無念さを物語っている。

「安心せよ、皆の者。兵は出さぬが黙って従うつもりはない。アーレングス王国が君主、ヴァン・アーレングスの器はワシが見定めてくれよう」

ウルベルス辺境伯が両手を叩き、力強く宣言する。

「王都に書状を出し、ヴァン・アーレングスめに決闘を挑んだ。戦士の一撃は千の言葉にも勝るもの。彼の人物が卑劣な簒奪者なのか、それとも堂々たる武人なのか……我が槍で問うてみせようぞ！」

「お爺様が……御自ら……！」

リューシャが瞳を見開いた。

ウルベルス辺境伯が類まれなる戦士であることは知っているが、すでに六十をすぎた年齢である。前線を退いて久しく、戦う機会は滅多に見られない。

「それとも……我が目が曇っていると申すか？　老いさらばえた老兵では、王の器量を測るに不服だと思う者がいるのか？」

「い、いえ！　そんな！」

「辺境伯様であれば力不足などということはありますまい！」

「安心いたしました！　お任せいたします！」

先ほどまで詰め寄ってきていた者達がそろって首を横に振る。

彼らは誰よりも、ウルベルス辺境伯の強さを信じていた。

決闘によって相手の器を見定めるという方法もまた、脳筋である彼らには受け入れやすい理屈である。

「書状の返事が来たら、さっそく王都に向かうことにする。もしも決闘を断ってくるようならば……」

「辺境伯様、失礼いたします」

ドアをノックしてから、兵士の一人が入室してきた。

「王都より早馬での書状です。ヴァン・アーレングスという人物からです」

「噂をすればか……とりあえず、決断力はある人物のようだな」

兵士から手紙を受け取り、ウルベルス辺境伯は中に目を通す。

手紙を読んでいた辺境伯であったが……やがて噴き出すようにして笑った。

「ブハッ！　ハハハッ！　なんとまあ、剛毅なことだ！」

「お爺様？」

「リューシャ、お前も読んでみろ！」

ウルベルス辺境伯は笑いながら、リューシャに手紙を渡す。

怪訝そうに受け取ったリューシャであったが……それに目を通すや、途端に大きく目を見開いた。

「これは……」

「どうやら、ヴァン・アーレングスは人格者のようだ！　この老骨を労わって、わざわざ王都から出てきてくれるそうだぞ！」

「ええっ……！」

「そんなまさか……！」

手紙にはウルベルス辺境伯が高齢であり、王都までの旅路は厳しいだろうと気遣う内容が書かれてあった。だから自分のほうが行くと、目を疑うような文面も。

「そんな馬鹿な……！　王を名乗る男が自分から、臣下の呼び出しに応じて赴くというのですか……!?」

リューシャも愕然としている。

あり得ない。

そんな王がいるわけがない。臣下から決闘を挑まれて応じるだけでもおかしいのに、わざわざ、あちらから来るなど行動的にもほどがある。

ましてや、ウルベルス辺境伯は独立をほのめかしているのだ。

敵地になるかもしれない場所にのこのこと出てくるなど、勇敢を通り越して愚かですらある。

「なるほど……これは俄然面白くなってきたな！　歓迎の準備を整えて待とうではないか。アーレングス王がやってくるのをな！」

ウルベルス辺境伯が愉快そうに笑い、ヴァンのことを初めて心から『王』と呼んだ。

本当は決闘の結果などどうでも良かった。

勝とうが負けようが、決闘に応じてさえくれれば良かったのだ。

決闘をしてくれれば、勝ち負けに関係なく「アーレングス王は勇敢な人物だった」とリューシャや臣下の暴走を抑えることができるのだから。

（だが……これは楽しみになってきた）

服属する名目としての決闘が、それだけでは済まなくなってきた。

ウルベルス辺境伯はヴァンとの決闘を心待ちにして、加齢により枯れかけていた闘争心を燃やすのであった。

▽　▽　▽

東の国境地帯であるウルベルス辺境伯領は王都よりも寒冷であり、冬には雪化粧に包まれる地域だった。

すでに季節は冬に片足を踏み込んでおり、積もるほどではないが、雪も降っていた。

「おお……雪だ。温かい王都では見られないものだな」

「まったく……暢気なものですなあ。国王陛下ともあろう者が」

和やかに雪を見つめているヴァンを同年代の男が窘める。

ヴァンと同年代である男の名前はユーステス・ベルン。

騎士団に所属していた頃の同僚であり、副官だった人物だ。

気心の知れた友人でもあるため、公の場以外では気安い口調で話している。

クーデターを起こした際にも片腕として働いてくれて、ヴァンが王になってからは軍の責任者になっている。

「辺境伯か……これから偉い人に会うと思うと緊張するな」

「この国で大将、アンタより偉い人はいないんだけどな」

ユーステスが溜息をつく。

騎士団で苦楽を共にしてきたユーステスは、ヴァンの気弱な本性を知っている数少ない人物だった。

ヴァンの性格を不安に思ったこともあるが……戦場での獅子奮迅の戦いぶりを見て、考えは変わっている。

むしろ、自分の上官が不世出の英雄であることを誇ったほどだ。

ヴァンが反乱を起こす決意を固めた時も、自分が新たな王の片腕になるのだと心を躍らせたものである。

「それよりも……たった五人で良かったんですかい？　これっぽっちの人数、王の行軍とは思えない規模ですぜ？」

東方の国境地域にやってきたヴァンであったが、供として連れてきたのはユーステスと三人の兵士だけ。いずれも騎士時代からの部下である。

一国の王となった人物がこんな少数で遠い辺境に訪れるなど、あり得ないことだった。

「いいんじゃないかな？　頭数が少ないほうが移動は速いし、交通費や宿泊費も節約できるじゃないか」

なんでもないことのようにヴァンは言う。

いまだに、自分が国王となった自覚がないようである。

「ただ決闘をして帰るだけで騎士団を連れてくるなんて大袈裟だ。あまり遅くなって妹に心配かけてもいけないし、早く済ませて帰ろう」

「辺境伯との決闘をそんな軽く言えるのは大将だけですぜ……相手は俺らが生まれる前から活躍している英雄なんだからな」

ネイバー・ウルベルスはヴァン達よりも二世代上の英雄であり、東の大国であるシングー帝国の侵略を幾度も防いできた。

ヴァン達は主に北の戦場で戦っていたため、面識はないが……その武勇伝は多くの騎士の語り草になっている。

「年齢が年齢だけに衰えはあるだろうが……勝てるんですかい、実際？」

「勝てるんじゃないか、普通に」

ヴァンの声は気楽なものである。

少しも気負ったところはなく、平然としていた。

「ウルベルス辺境伯の話は知っているよ。百の騎兵を率いて一万の軍勢を破ったとか、大型の魔獣を一人で倒したとか」

「だったら……」

「それくらい、俺にもできるだろう？」

「…………」

「昔の辺境伯と今の俺が互角の力だとしたら、若い俺のほうが勝つよね、普通に」

「そう、だろうなあ……」

ユーステスは嘆息する。

そうだ、当たり前すぎて忘れていた。

目の前にいる男は英雄。王であると同時に国内最強の騎士だった。

「もう、何も言いませんよ。好きなように戦ったらいいんじゃないですか？」

「うん、頑張るよ。ちゃんと勝つから安心してくれ」

ちゃんと勝つ。

絶対に……確実に勝利する。

これまでに何度となく同じ戦場に立ってきたが、ヴァンがその約束を違えたことは一度としてなかった。

常勝不敗。歴戦の猛将。

『戦い』と名の付くものでただの一度として負けたことがない。

それこそがユーステス達が憧れた、ヴァン・アーレングスという男なのだから。

「お、要塞が見えてきた」

雪が降る中を進んでいくと、やがて巨大な建造物が見えてきた。

上から見ると星形に見える奇怪な建物である。周囲を物々しい城壁で囲まれ、バリスタや投石機をいくつも置いた鉄壁の砦。

ウルベルス辺境伯の居城であるアームストロング要塞であった。

アームストロング要塞。城壁の内側にはウルベルス辺境伯家の兵士達、傘下の貴族の兵士達が集まっている。

重くぶ厚い城門が開いて、五人の人物が入ってくる。

馬に跨って現れたのはいずれも若い男達だった。

先頭を進んでいる黒髪の男……あれがヴァン・アーレングスだろうか？

「お爺様……」

「まさか、たった五人で現れようとは……！」

要塞に入ってきた五人を見て、ウルベルス辺境伯が感嘆の声を漏らす。孫娘のリューシャも唖然とした表情をしている。

建国したばかりとはいえ、王が遠征をするのだ。

一個師団とは言わないまでも、多くの護衛を連れてくるのだろうと予想していた。

しかし……蓋を開けてみれば、たったの五人。

これっぽっちの人数で敵地になるかもしれない場所に行くだなんて、どれほど肝が据わっているのだろうか。

「…………」

(この男がヴァン・アーレングス。国王殺しの反逆者ですか……！)

祖父と同じように……リューシャもまた、ヴァンのことを見定めようとしていた。

（優れた騎士であるという噂は聞いていたけれど……まさか、王位簒奪だなんて騎士にあるまじきことをやるなんて……！）

リューシャは清廉で正義感の強い人間である。

裏切り、主君を討つだなんて悪行は許し難かった。

アイドラン王国の王族は大部分が腐っており、彼らが死んでも悲しむ者は少ない。

民衆の中には自分達を虐げていた王の死を喜び、祭りを開いた者達までいるくらいだ。

しかし、そんな悪い噂は東の国境地域までは届かない。

リューシャにしてみても、死んだ王は評判の悪い人だったという程度のことしか知らない。

そのため、ヴァンに対しては暴君を討った英雄というよりも不忠者の簒奪者という印象が強かった。

「お爺様、勝ってくださいませ……！」

「無論、戦うからには負けるつもりはない。だが……これは勝ち負けではなく、あくまでも王の器量を見定めるための戦いであることを忘れるなよ？」

「はい、この目でしかと見届けます」

「ならば、良し。では、行ってこようか」

アームストロング要塞の広場に通されたヴァンの下へ、ウルベルス辺境伯が歩いていく。

「これはこれは……よくぞお越しくださいました。ヴァン・アーレングス国王陛下！」

ウルベルス辺境伯が軽くお辞儀をして挨拶をする。

頭を下げはしても、跪きはしない。

王として認めて、敬意を払いはするのだが……仕えるべき主君として認めるかどうかは別問題である。

「ああ、貴殿がウルベルス辺境伯か」

「はい。ネイバー・ウルベルスでございます」

「決闘をするということだったが問題ないか？　寒くなってきたことだし、早めに始めたいのだが？」

「………………」

ウルベルス辺境伯が目を細めた。

見たところ、ヴァンに緊張した様子はない。

これから決闘をするというのに……場合によっては命のやりとりになるというのに、気楽なものである。

(若いのに、よほど修羅場に慣れているのだろうか……あるいは、自らより強い者と戦ったことのない無知蒙昧《むちもうまい》さゆえかもしれぬな。どちらにせよ、若さとは恐ろしいものだ)

「……確かに、今日は今年初めての雪です。早めに終わらせたほうが良いでしょうな」

ヴァンとウルベルス辺境伯が広場にて、三メートルほどの距離を取って向かい合う。

騎士による模擬戦が行われる場合と同じ形式である。

周囲では、ヴァンが連れてきた護衛、ウルベルス辺境伯配下の兵士達、そしてリューシャが見守っている。

ヴァンが手にしているのは片刃の大剣。刀身は漆黒で、おそらく黒鋼製だろう。

ウルベルス辺境伯の手にあるのはハルバード。久しぶりに手にする長年の相棒である。

両者の間に審判役の兵士が立つ。これで準備は完了である。

「それでは、決闘開始とまいりましょうか。国王陛下」

「……その呼ばれ方には慣れないいな」

「では、ヴァン殿で如何でしょう？」

「ああ、そっちのほうがいい」

「…………」

こうして武器を手に取って向かい合ってなお、ヴァンに緊張の色はない。

ウルベルス辺境伯はわずかに気勢を削がれてしまう。

(どうにも緊張感が欠けるな。よほどの自信家か……さもなくば、ただの阿呆か)

「それでは、両者とも見合って……」

(まあ、いい。戦ってみればわかるだろう……)

「始め！」

決闘が開始した。

ウルベルス辺境伯が腰を落として、飛びかかるべく軸足に力を入れて……。

「ッ……!?」

次の瞬間、決着はついた。

ウルベルス辺境伯が手にしていたハルバードが中ほどで断ち切られ、宙を舞う。

「なっ……」

気がつけば、前方にいたはずのヴァンが消えている。

代わりにそこにあるのは深い足跡。強く地面を踏みきった跡だった。

「…………」

ウルベルス辺境伯が唖然として気配を探り……後方にいるヴァンの気配を感じ取る。

前にいたはずのヴァンがいつの間にか後ろにいて、剣を振り抜いた姿勢になっていた。

（まさか……たった一瞬で断ち斬ったのか、ワシの武器を……！）

ウルベルス辺境伯は戦慄と共に悟る。

ヴァンはとんでもなく強い脚力によって踏み切って、前方に突進したのだ。

そして、目にも留まらぬスピードでウルベルス辺境伯と交差して、ハルバードを両断したのである。

（いったい、どれほどのスピードで駆け抜けたのだ！　『ロイカルダン平原の人喰い鬼』……よもや、これほどの実力とは……！）

ヴァンが英雄となった戦争……『ロイカルダン平原の戦い』については報告で知っていた。

王国北方にあるロイカルダン平原。

そこを舞台にした、北方の隣国――ゼロス王国との戦いである。

ヴァン・アーレングスは騎士の中隊を率いて敵地の深くまで攻め入り、敵陣を焼き払ったのだという。

それにより敗北しかけていた王国軍は勢いを取り戻して、敵軍を退けたそうだ。

圧倒的な武勲であったが……独断専行と総指揮官だった王太子の嫉妬によって褒美は与えられず、それどころか左遷されかけていたらしい。

（誇張されたものだと思っていたが……事実であったか。この男、まさしく英雄だ……！）

武器を失い、立ち尽くすウルベルス辺境伯。

周囲で戦いを見ていた辺境伯の部下や、リューシャもまた、『最強』と信じていた男が敗北したのを見て言葉を失っている。

「……なるほど、どうやら武器が古くなっていたようですな」

あっさりと勝利を収めたはずのヴァンが振り返って、口を開く。

「質の悪い武器では十分に力を発揮できないでしょう。良ければ、別の武器に持ち替えて仕切り直しませんか？」

「…………」

勝者からの情けともいえる提案に、ウルベルス辺境伯は即答することができなかった。

だが……しばしの沈黙を経てから、改めて武器を手に取った。

今度はヴァンと同じく大剣。戦場で使う機会は少ないものの……実のところ、槍よりも得意にしている武器だった。

「……改めて、お相手仕《つかまつ》る」

ウルベルス辺境伯は再び、ヴァンに向かい合う。

決闘で情けをかけられて再戦だなんて、戦士としてはあるまじき行為。

本来であれば、敗北を潔く受け入れるべきである。

（だが……見てみたい。この男の底を……！）

不完全燃焼では終われない。

目の前にいるのは本物の英雄。

年老いて枯れていくだけの自分とは違って、これから飛翔していくであろう英雄だ。

天を衝くように伸びていく若木を前に、闘争心が掻き立てられないわけがない。

「オオオオオオオオオオオオッ！」

ウルベルス辺境伯が吼えて、今度は自分から斬りかかる。

「お？」

連続して放たれる斬撃を、少し驚いたような顔のヴァンが大剣で受け止めた。

（さぞや驚いているだろうな！　これが我が命の炎だ！）

この世界に生きとし生けるものは『マナ』というエネルギーを有している。

魔術師が魔法を使用する際に消耗している『魔力』の源泉でもある力だ。

ウルベルス辺境伯は体内のマナを燃焼することにより、爆発的に身体能力を上昇させたのである。

「オオオオオオオオオオオッ！」

重厚な大剣を振り回しているとは思えない連続攻撃。

マナを減少させて放たれるそれは、まさに命を削るような攻撃である。

全盛期の頃ならばまだしも、老いさらばえた今のウルベルス辺境伯では寿命が尽きかねない諸刃の剣だった。

(だが……それでも、攻める！)

たとえここで命が尽きたとしても、目の前の英雄との戦いで命を落とすのであれば本望。

武人としての誇り。今こそが命を捨てる場面であると本能が訴えていた。

「速いし、強い……驚いたな」

「涼しげな顔で何を言うか！　そういうセリフは冷や汗の一つもかいてから吐け！」

叩きつけられる斬撃を、焦るでもなくヴァンは捌《さば》いている。

片刃の大剣で受け止め、流し、薄皮一枚を傷つけることすら許さない。

何よりも、ヴァンは戦闘を開始した位置から動いていなかった。

絶え間ない連続攻撃を浴びせられながら、ヴァンは後退《さが》ることもない。

(強い、本当に強い……！)

間違いなく、生涯最強の敵であると確信する。

できるならば、体力が衰えるよりも前に会いたかった。

(これが生涯最後の戦いでいい！　未来の英雄に勝利してみせる……！)

もはや、ウルベルス辺境伯の頭には当初の目的はなくなっている。

この決闘はアイドラン王国を滅ぼし、建国した新しい国……アーレングス王国に服属するための口実として行われていたはず。

反逆者に従うことに否定的な孫娘、傘下の下級貴族や兵士を納得させるためのパフォーマンス。勝っても負けても、「決闘を受けてくれた新王の勇敢さを認める」と主張して、ヴァンに忠誠を誓うはずだったのに。

「ウオオオオオオオオオオオッ！」

しかし、今のウルベルス辺境伯の頭にそんな目的はない。

ただ目の前の強敵に勝ちたいという、武人としての欲望しかなかった。

「ハアッ！」

「おお？」

ウルベルス辺境伯が高く跳躍した。

マナによって強化された脚力をフル稼働させ、十メートル以上の高さまで跳び上がる。

「我が人生最高の一撃ぞ！　受けてみよ！」

そして、ウルベルス辺境伯が空を蹴った。

足底からマナを噴出させることで落下速度を加速させ、隕石のような勢いでヴァンに向かって斬りかかる。

「なるほど」

空から迫りくるウルベルス辺境伯を見上げて、ヴァンもまた地面を蹴った。

「ガハッ……!?」

次の瞬間、ウルベルス辺境伯は宙を舞っていた。

先ほどのように自分の意思で跳躍したわけではない。まるで……誰かに凄まじい腕力で投げ飛ばされたようだった。

（いったい何が……）

下を見れば、城壁よりもさらに高い位置まで飛ばされていた。

驚き、目を見開く孫娘の顔がやたらと鮮明に目に映る。

「ッ……!?」

重力に引かれて、地面に向かって自由落下する。

フワリと宙に浮かんでいるような感覚から一転して、真っ逆さまに地面に落ちていく。

「ぬおおおおおおおおおおっ!?」

「おっと、危ない危ない」

「ぬうっ!?」

受け止められた。誰かに。

「危ないところでした。受け身を取らないと頭を打ってしまいますよ？」

「貴様……いや、貴方は……」

落下したウルベルス辺境伯を受け止めたのはヴァンである。

マナも底をついており、このまま地面と衝突していたら命はなかっただろう。

「ワシを助けてくれたのか……何故？」

「妹ちゃ……いえ」

ヴァンが小さく咳払いをする。

「……貴方はここで死ぬには惜しい御方だ。俺のような若造に従うのは業腹《ごうはら》かもしれないが、それでも民のためと思って我が国に仕えてはもらえないだろうか？」

「……この老骨にできることがあるとは思えませぬが？」

大量のマナを消費して戦った後遺症もある。

ウルベルス辺境伯は以前のように戦うことは難しいだろう。

「直接、剣を振らずとも兵を指揮することや後進を育てることはできるはず。どうか、俺が作る新時代を生きてほしい」

「…………」

地面に下ろされたウルベルス辺境伯が横に視線をやると、折れた己の剣が落ちていた。

ウルベルス辺境伯が空からヴァンに斬りかかった刹那。

同じく跳躍したヴァンは相手の大剣を叩き折り、さらにウルベルス辺境伯を掴んで空に向かって投げ飛ばしたのだ。

一秒にも満たない時間でそんなことをしでかすなど、もはや神業である。

「参りました……ネイバー・ウルベルス、これより身命を賭して陛下にお仕えいたします」

「「「「オオオオオオオオオオオオッ！」」」」

ウルベルス辺境伯が両膝をついて頭を下げると、周囲にいた辺境伯家の兵士達が勝者を称える喝采を上げた。

激しい戦い。見る者を魅了するような勇猛さ。

それは敵味方という立場を超えて、称賛を与えるものだった。

これにより、ヴァンはウルベルス辺境伯家と傘下の貴族らを完全に併合し、東の国境の安定を得たのである。

▽　▽　▽

その日の夜、アームストロング要塞では盛大な宴が開かれた。

アイドラン王国に代わる新たな国……アーレングス王国の建国と、新国王の即位を言祝《ことほ》ぐための祝宴である。

「我らが新たな国王に乾杯！」

「「「「乾杯！」」」」

要塞の主人であるウルベルス辺境伯が杯を掲げると、宴の参加者が揃って杯を掲げた。

ここに集まっているのは東方辺境地域に領地を持った貴族達である。

宮廷においてはさほど権益を持っていない彼らだが、いずれも東の帝国と戦ってきた武人ばかり。

支持を得ているかどうかで、東方の平穏が左右される者達だった。

少し前まで「簒奪者、討つべし！」と気勢を飛ばしていた彼らであったが……現在はヴァンの即位を心から祝福している。

ウルベルス辺境伯家をはじめとして、この辺りの貴族は武勇を重んじる脳筋が多い。

自分達が最強と認めた男を正面から決闘で打ち負かした人間を、認めないわけがない。

彼らはいずれもヴァンに忠誠を誓っており、王のためならばどんな戦場にでも馳せ参じることだろう。

（妹ちゃあああああああんっ！　助けてえええええええええ！）

そんな宴の最上位の席に座りながら、ヴァンは心の中で叫ぶ。

ウルベルス辺境伯の隣に座らされたヴァンは、先ほどから多くの騎士や貴族らからの挨拶を受けていた。

騎士になる以前、ヴァンは没落した元貴族の三男坊だった。

継ぐような家も土地もなく、おまけに兄達から疎まれて居場所はなく、妹を連れて王都に出て騎士になったのだ。

そんなヴァンが今は国王になってしまった。周囲の人間もそうやって扱ってくる。

自分よりも倍以上は生きていて、身分も高かったはずの者達が代わる代わる挨拶にやってきて、頭を下げてくる。

精神的なストレスが半端なかった。

(妹ちゃん、やっぱり俺は王様とか向いてないみたいだ……)

「失礼いたします。お酌をさせてください」

「あ、ありがと……お？」

酔いつぶれない程度に酒に口を付けていたヴァンのところに、一人の美女が現れる。

目元が鋭くて気が強そうだが、王都でも滅多に見ないような美人だった。

「貴女はたしか……」

「ウルベルス辺境伯が孫、リューシャ・ウルベルスと申します」

リューシャと名乗った銀髪の美女はうっすらと笑みを浮かべて、ヴァンの杯に葡萄酒を注ぐ。

「先ほどの決闘、まことに見事でございました。まさかお爺様に勝ってしまわれるとは……陛下のことを侮っていた愚かな娘をお許しください」

「あ、ああ……それは別にいい」

「あれほど冴えた剣を振るう御方が、私利私欲のために王位簒奪をするわけがありません。きっと、そうしなければならぬ理由があったのでしょう。何も知らず、陛下のことを謀反人呼ばわりしていた我が身に恥じ入るばかりです……」

リューシャが表情を暗くさせ、頭を下げる。

明らかに意気消沈した美女に焦ったのはヴァンのほう。

焦りながら、どうにかリューシャに声をかける。

「い、いやいやいやっ！　俺が簒奪者なのは事実。何も間違ってはいない！　頭を上げてもらいたい！」

「……お心遣い、忝《かたじけな》く存じます」

リューシャが頭を上げて、ヴァンを至近距離から見つめてくる。

目の端にわずかに涙の粒が浮かんでいたのは、決してヴァンの気のせいではないだろう。潤んだ瞳にますますたじろいでしまう。

「辺境伯家の次期当主として、私めも陛下に忠誠を誓わせていただきます！　ささっ、どうぞ酒を飲んでください」

「あ、ああ」

「どうぞどうぞ、クイッと！」

「う……」

リューシャに勧められるがまま、ヴァンは杯の酒を呷《あお》った。

酒癖が悪いのであまり飲むつもりはなかったのだが……勧められた酒を断るのも無礼になる。

ましてや、相手は辺境伯令嬢。

本来の自分の立場よりも、ずっと高位の御方なのだから。

（まあ、この葡萄酒は飲みやすいから大丈夫かな？　酔い潰れるほど飲まなければいいだけだし……）

だが……ヴァンは知らなかった。

この地域で生産されている葡萄酒は口当たりが良いわりにアルコール度数が高く、飲み慣れない者はすぐに潰れてしまうことを。

「お……？」

「ささ、陛下。もう一杯」

脳が溺れるほどの酒を飲まされて、ヴァンが意識を保っていられたのはそれから三〇分ほど。

その傍らでは、リューシャが獲物を狙うような目で見つめているのであった。

▽　▽　▽

「ううん……ムニャムニャ……」

「さあ、さあ。ヴァン陛下。こちらが寝所になりますよ」

リューシャが酔っぱらったヴァンに肩を貸して、アームストロング要塞の一室へと連れてきた。

綺麗に整えられたその部屋は、要塞に重要人物を迎える際に使用する客間のようなもの。

兵士達が使っている物よりもずっと大きなベッドにヴァンを寝かせた。

「すま、ない……助かった……」

ベッドまで連れてきてもらったヴァンが仰向けになり、礼を言う。

「いいえ、滅相もございません」

リューシャはそんなふうに答えながら、ベッドの横に立ち……これからやろうとしていることを思って、バクバクと心臓を高鳴らせる。

(わ、私はやります……これから、ヴァン陛下を襲います……！)

襲うというのは、祖父がやられた復讐に寝首を掻いてやる……などという意味ではない。性的に、女性として襲ってやるという意味である。

(私はこの御方の妻になります……私の夫となるべき人はこの御方しか、ヴァン陛下しかいません……！)

リューシャは武勇の名家であるウルベルス辺境伯家の嫡女である。

幼い頃より武芸を学んでおり、女ながら辺境伯家の騎士でも指折りの実力者となっていた。

そんなリューシャにとっての理想の男性は祖父である。

早くに両親が亡くなってから、リューシャは祖父の背中を見て育った。

強い祖父に憧れていた。誰にも負けない最強の武人である祖父を敬愛していた。

そして……自分がもしも伴侶を得るのであれば、祖父のような男性であるべきだと心に決めていた。

(祖父ほどの武人はいません。せめて半分程度の実力でも良いかと妥協しかけていましたが……まさか、祖父を超える武人が現れるだなんて思いませんでした……)

アームストロング要塞には多くの屈強な兵士がいるが、祖父と肩を並べられるような人間は一人もいなかった。

だが……諦めかけていたところで、まさかの出会い。

祖父よりも強い男が現れた。しかも……その人物はアイドラン王国を滅亡に追いやり、新たな王となったのだ。

(強さはもちろん、身分も申し分はありません。私がこの御方に嫁げば、辺境伯家の発展にもつながるでしょう。そして……ヴァン陛下は明日にでも王都に戻ってしまう。チャンスは今夜しかありません……！)

ヴァンのことを簒奪者として憎んでいたリューシャであったが……その考えは百八十度変わっている。

あれほど勇猛な剣技を振るう男が私利私欲で動くわけがない。

きっと、アイドラン王国に滅ぼされる理由があったに違いない。

祖父と戦うヴァンの武勇に魅せられたリューシャにとって、主君であるアイドラン王家が滅んだことすら些事になっていた。

(だから……襲います！　絶対に、既成事実を作ってみせます！)

「ムニャムニャ……もう飲めないよ……」

「ウッ……」

胸の内で気合いを入れるリューシャであったが……ベッドの横に立っているだけで、一向に行動に移せずにいた。

無理もない。リューシャは間違いなく清い身体。紛れもない処女なのだ。

男と組み手をしたり、模擬戦で打ち合ったりすることはあっても、手をつないで歩いたことはない……そんな純朴な女性なのだから。

「お、襲います……絶対に、絶対に……襲いますからね……！」

リューシャが震える手を伸ばして、ヴァンのシャツを脱がそうとする。

恐る恐る近づいた指先が、長い時間をかけてようやくヴァンの上半身に触れて……。

「へ……？」

次の瞬間、ヴァンの腕がリューシャの手を掴む。

それなりに鍛えているはずのリューシャがなんの抵抗もできず、気がつけばベッドに引きずり込まれていた。

「ヴァ、ヴァン陛下⁉」

「ん……柔らかい。いい枕……」

ヴァンが屈強な腕でリューシャを抱きしめる。

背中に回された手はどうやっても解けず、改めて、ヴァンがとんでもなく逞しい男だとわからされる。

「ヴァン陛下……まさか、私が夜這いをかけようとしていたことを見抜いていたのですか⁉」

「ムニャムニャ……」

「んっ……！」

リューシャの問いに答えるように、ヴァンの腕が怪しく蠢《うごめ》く。

一方の手で胸をまさぐりながら、もう一方の手が尻を掴んだ。

「わ、私の浅はかな考えなどお見通しだったのですね……お見逸れいたしました」

「んうー……」

「そ、その上で私を可愛がっていただけるということは、私を妻にしてくださるということでしょうか？」

「んがー……」

「アアンッ！」

ヴァンの両手がリューシャの服を強引に脱がし、柔肌をじかに責めだした。

激しい求愛行動にリューシャが涙目になり、歓喜の表情になる。

「嬉しいです……この身を貴方様に捧げます。末永く、可愛がってくださいませ……！」

「むにゃー……」

念のために補足しておくが……ヴァンにはほぼ意識がない。

酔っぱらい、半分眠った状態でありながら、雄の本能によって近づいてきた雌を捕食にかかっているだけである。

だが……リューシャにはそれは伝わらない。

夜這いをかけて、反対に男にベッドに引き込まれたという特殊な状況により、リューシャもまたテンパっているのである。

「ああっ……！」

だから、ヴァンに胸をグニグニと揉まれても抵抗しない。

初めての感覚に戸惑いながらも、男の腕に身をゆだねている。

「ンプッ……！」

「ヂュウ……！」

ひとしきり胸を楽しんでから、ヴァンはリューシャの唇を奪った。

「ンンッ〜〜〜〜〜〜!?」

ファーストキスに陶酔することができたのは一瞬だけ。すぐにヴァンの舌が貝口を割って侵入してきて、リューシャの口内を蹂躙する。

太く分厚い舌がそのサイズとは裏腹に機敏に躍動して、その動きはまるで蛇のよう。

リューシャの舌を搦めとり、根元から先端までズリュズリュと卑猥な音を鳴らしながら弄ぶ。

「ンチュ、レロ、レロレロレロ……」

舌を吸いながら、ヴァンの両手はなおもリューシャの柔肌を這いまわっている。

一方の手は楽器でも演奏するかのように胸を指で責めている。モチモチと吸いつくような肌の感触を楽しみながら、五指で男の力強さを乳房に刻み込む。

もう一方の手は桃尻をまさぐり、指先で誰も侵入を許したことがないであろう場所へと不躾に踏み入り、リューシャの羞恥心の火に油を注ぐ。

「ンンンンン〜ッ!?」

口と胸と尻……三ヵ所を同時に攻撃されて、リューシャは絶頂を迎えてしまう。

ヴァンの腕に抱かれたまま激しく痙攣して、やがてクッタリと脱力する。

「ひ……あ……ん……」

リューシャはヴァンの腕の中で幸福な脱力感に包まれた。

フワフワと身体が浮き上がり、そのまま空に吸い込まれそうな気分である。

「やるぞ」

「クウウウウウウウウウウウンッ!?」

だが……そんな夢見心地は長くは続かなかった。

ヴァンが巨大な『剣』を大地の切れ間に突き刺したのだ。

「アンッ！　アアアアア、クウウウウウウウウウウンッ！」

リューシャが絶叫を上げた。

雲の上にいるような感覚から一転して、強い痛みに身体を貫かれる。

「ヴァ、ヴァン陛下っ!?　そんな、急に強い……！」

「よっと」

「クハアアアアアアアアアアッ！」

まだ痛みに慣れていないというのに、ヴァンがいきなり動き出してしまう。

両腕でガッチリとリューシャの身体をホールドして身動きを封じ、腰を動かして『剣』を何度も何度も打ちつける。

「クアッ、ハッ、ンンハッ、クウウウウウウウウウウウッ！」

花壇を乱暴に踏みつけるような暴虐。

これは自分の所有物だと刻みつけるような、乱暴で身勝手な行為である。

「ムニャムニャ……いい枕だ……」

フォローにはまるでならないが……ヴァンはまだ眠っている。

もしも素面《しらふ》で起きていたのであれば、もう少しリューシャにも気を遣えたはず。

「アンッ！　アー、アアアアアアッ！　クアアアアアアアアアアアアッ！」

だが……脳がアルコール漬けになり、眠りについているヴァンは容赦ない。

強引に、力ずくでリューシャの性感を掘り起こして開拓し、そこに己の存在をゴリゴリと彫りつけていく。

まさしく、侵略者の所業であった。

「アアアアアアッ、素敵、素敵です……！」

だが……そんな乱暴すぎる行為は、リューシャには意外と好評だった。

腰が前後して股間の湿り気が増すたび、細い喉から甘ったるい嬌声が上がる。

「なんて強い、逞しい……ああ、貴方こそが私の主！　私の王……！」

リューシャは武人の中の武人。強者を愛する戦士である。

「絶頂け」

強い相手に踏みにじられ、蹂躙されることはむしろ望むところだった。

「クアアアアアアアアアアアアアアアアアアアアアアアアアアアアアッ！」

ビクッ
ぢゅる♥
ちゅ♥
ビクッ
ズプッ
ズパーンッ
ズパーンッ

一際、強烈な一撃が叩き込まれて、リューシャは法悦の彼方へと達してしまった。

「ハア、ハア、ハア……んあああっ！」

「ムニャムニャ」

だが……一度や二度、絶頂したくらいではヴァンの欲望は収まらない。

眠れる獅子の猛威は朝まで続き……翌朝、一糸まとわぬ姿の美女がヴァンの腕の中でクテンクテンになっていたのであった。

第四章　結婚しようよ、妹ちゃん！

『さ、昨晩は激しかったです。もう、足腰が立ちません……』

『ほほう、孫娘の初花を散らしてしまいましたか！　これはもう陛下に娶ってもらうしかありませんなあ！』

アームストロング要塞での決闘に勝利したヴァンであったが……帰り道は肩を落として馬に乗ることになった。

勝利後の宴で酒を飲みすぎてしまい、気がつけば朝。

ベッドで眠る傍らには辺境伯の孫娘であるリューシャ・ウルベルスがいて、明らかに事後といったふうに乱れていた。

シーツには処女の証である血の痕もあり、言い訳ができない状況である。

「ご、ごめんなさい。妹ちゃん……！」

「…………」

王城に帰宅して、開口一番の謝罪の言葉。

ヴァンは帰ってくるなり、執務室で書類仕事をしていたモアに土下座をした。

「決闘に勝ってウルベルス辺境伯に忠誠を誓ってもらったけど、孫娘に狼藉を働いちゃった。

もしかすると、そのせいで辺境伯との関係がこじれちゃうかもしれない。俺が悪かったよう。本当にごめんなさい……！」

「お兄様……」

「……はい」

「よくぞやってくれました！　それでこそ、モアのお兄様ですわ！」

「へ……？」

男として、人として最低なことをしてしまったと思ったのに。

愛する妹から浴びせられたのは喝采と称賛の言葉である。

「辺境伯家の娘を側室として娶ったのであれば、アーレングス王国がウルベルス辺境伯家の忠誠を得たと誰もが思うでしょう！　もはや国内の不穏分子も動くに動けない。東の帝国も警戒して攻め込めなくなるはずです！」

「え、え？　ええっ!?」

「ユーステスから早馬で報告書は受け取っていましたが……本当にさすがですわ！　いつだってお兄様は私が期待した以上の結果を出してくれます！」

「よ、良かったのかな？　いや、でも……未婚の女性を抱いちゃったんだよ？」

「宴に参加していたユーステスの話では……酔い潰れてしまったお兄様をリューシャ嬢が積極的に介助して、客間に連れていったそうですよ？　むしろ、そうなることをアッチも望んでいたような気がしますけど？」

「ええっ!?」

初耳である。

てっきり、また悪酔いをして無理やりに襲ってしまったのだとばかり思っていた。

「あちらも新興の王家に外戚として食い込めますし、お互い良い結果になることでしょう。お兄様が嘆かれる理由など何一つとしてございません」

「そ、そっか……良かった」

ヴァンは心の底から安堵する。

とりあえず、リューシャを一方的に傷つけたということではないようだ。

「フフッ……旧・王家の血を引いているメディナ様、国内最大の武闘派貴族であるリューシャ様、御二人を妃として迎え入れれば、もはや国内で逆らう者はいないでしょう。アーレングス王国の土台は盤石になり、より積極的に改革を進めることができますわ」

悪しき貴族の処分。

周辺の諸外国への対応。

国民にとってためにならない法律・制度の撤廃。

国や貴族に見捨てられた土地の救済。

やらなければいけないことは山ほどある。

そのために、早急に済ませなければいけないことは……。

「結婚式ですね、お兄様と二人の！　正式な戴冠式と併せて行って、国中にアーレングス王国と新たな王の存在を知らしめましょう！」

「え……？」

ヴァンが驚いたような顔をする。

今さらの反応にモアも首を傾げた。

「どうされましたか？　まさか、この期に及んで王になるつもりがないと言うのではないですよね？」

「いや、それはもう諦めたけど……二人じゃなくて三人だよね？」

「へ？」

「メディナ様とリューシャ様と……それと妹ちゃん。俺は三人と結婚するつもり満々だったけど……違うのかな？」

「ふおっ⁉」

告白の言葉はあっさりと放たれた。

ロマンチックの欠片もない。あまりにもさっぱりとしたものだったが……思わぬ言葉にモアが顔を真っ赤にして、身体を仰け反らせる。

「お、お兄様が私のことを妻に……⁉」

実のところ、ヴァンとモアの間に血のつながりはない。

没落貴族の平民であったヴァンの父親が、事故で命を落とした臣下の娘を引き取って養子にしたのだ。

「俺は昔から、妹ちゃんを奥さんにするつもりだったけど……違うのかな？」

「い、いや、それは、あの……私とお兄様では身分が違いますし、今は王様ですから、その……えっと……」

「関係ないよ、妹ちゃん……俺と結婚しようよ」

「はふう……」

珍しく真剣な表情で見つめてくる兄に、モアが悶絶した。

モアが首を縦に振って了承するのに、それほど長い時間は必要なかったのである。

▽　▽　▽

そして……記念すべき、その日がやってきた。

アーレングス王国、初代国王の戴冠式および結婚式の日である。

以前からヴァンは国王として振る舞ってはいたものの、国内の情勢安定を優先させて、戴冠式は行われていなかった。

ウルベルス辺境伯を味方に付けたことで一気に反乱分子が静まり返ったため、三人の妃との結婚式と併せて開催されることになったのだ。

式典は幸運なことに晴天にも恵まれて、王都の大とおりには風の魔法によって花びらのシャワーが舞い上がっていた。

「国王陛下、万歳！」

「アーレングス王国に栄光を！」

温かな陽光が降りそそぐ中で、人々の明るい声が響きわたる。大通りの左右には大勢の国民が並んでおり、口々に喝采の声を上げて、若き王族夫婦の門出を祝福している。

人々が手を振る先には二頭の白馬に引かれた馬車があり、四人の男女が乗っていた。

「ありがとう……皆、ありがとう……」

一人は白のタキシードに赤いマントを着けた男性である。

ヴァン・アーレングス……この国の新たな王。暴君を打ち倒して、蜂起から一ヵ月とかから

ずに国の簒奪を成し遂げた若き英雄だった。

ヴァンは緊張しているのだろうか……硬い表情で、民衆に手を振り返している。

そして……残る三人はいずれも見目麗しい女性だった。

ヴァンの妻になる女性。アーレングス王国の王妃となる美姫である。

「ありがとう、ありがとう……」

一人目はメディナ・アイドラン。

金髪の髪をなびかせ、白いドレスを着たスタイルの良い美女。

ヴァンの手によって滅亡されたアイドラン王国の王女であり、憎むべき仇の第一妃となった

女性である。

一時はヴァンのことを恨んでいたメディナであったが……今となっては、ヴァンの妻となることを了承していた。

「ありがとう、ありがとう……」

それでも、心のどこかで納得いかない部分があるのだろう。

民衆に手を振る顔つきは複雑そうであり……笑顔にはぎこちないところがあった。

「皆さん、ありがとうございます」

二人目はリューシャ・ウルベルス辺境伯令嬢。

白銀色の髪をポニーテールにした健康そうな美女である。

東方の雄であるウルベルス辺境伯家の秘蔵っ子であり、ヴァンの第二妃という地位を与えられていた。

リューシャは令嬢であるが武術の達人でもあって、白いウェディングドレスを身に着けながらも腰には細剣を下げていた。

「ありがとうございます。皆さん、お兄様を末永くよろしくお願いしますー」

そして……三人目はモア・アーレングス。

黒髪を伸ばした美少女であり、ヴァンにとっては血のつながらない義妹である。

平民という地位ゆえに第三妃という立場に甘んじているが……先のクーデターを主導していた黒幕であり、ヴァンの信頼も厚い参謀だった。

愛しい兄の隣に立つモアの頬は薔薇色に染まっており、世界中の幸福を独占したような笑みが浮かんでいる。

「ヴァン国王陛下、万歳！　アーレングス王国、万歳！」

「モアちゃん、綺麗だよー！」

「リューシャ様、素敵です！」

民衆からは温かくも、親しげな声がかかっている。

かつて、アイドラン王国の王族は暴君として人々を虐げていた。

そんな暴君を打ち倒して王となったヴァン達は王であったが親しみやすく、民衆からの支持も強い。

リューシャも二人ほどではないが、東の英雄の孫娘で人々から慕われていた。美貌の女剣士であるリューシャは女性からの支持も強い。

「………………」

称賛される三人の隣で、メディナがわずかに表情を引きつらせている。

メディナは暴君の娘であり、悪逆の限りを尽くしたアイドラン王家の生き残りだ。

メディナ自身は人々を虐げるようなことは一切していないが……それでも、家族の罪を重く受け止めていた。

民衆からかけられる祝福の声も、明らかにメディナのものだけ少ない。

当然だとは思っているが……それでも、悲しくなってしまうのは仕方がなかった。

「メディナ姫、バンザーイ！　第一妃様、バンザーイ！」

「あ……」

そんな中、民衆の中に一際声を張り上げている女性がいる。

それはメディナに仕えているメイドのアンだった。

「バンザーイ、バンザーイ……姫様、どうかお幸せにー！」

「アン……」

涙を流しながら、精一杯に声を張り上げるアン。

その姿に、メディナのほうまで涙ぐみそうになってしまう。

「バンザイ！　バンザーイ！」

「ヴァン陛下に栄光あれ！　アーレングス王国に繁栄を！」

人々に祝福を受けながら、新郎新婦である四人を乗せた馬車は進んでいく。

それは新たな国の始まりを告げるパレード。

新しき国のこれからを象徴しているかのような、幸福を絵に描いたような光景である。

「ありがとう、皆……ありがとう！」

そんな中、ヴァンが懐に手を入れて何かを投擲した。

民衆の誰の目にも留まらぬ速度で飛んでいった何かが、大とおりに面した建物の屋根に突き刺さる。

「ウッ……」

否、それが突き刺さったのは屋根ではない。屋根に潜んでいた何者かである。

弓矢を構えて、今まさに放とうとしていた何者かが、ヴァンの投げた短剣に胸を貫かれていたのだ。

「お兄様……」

「大丈夫。虫がいただけだよ」

小声で訊ねてくるモアに、ヴァンは表情を変えることなく言葉を返す。

そのパレードはまさに、アーレングス王国の未来を象徴していたといえるだろう。

明るく、賑やかで、温かくて、笑顔に満ちあふれていて。

そして……少しだけ、キナ臭くて血の赤色に染まっている。

それはまさしく……アーレングス王国がこれから歩むことになる歴史を予言しているかのような光景だった。


パレードが終わり、続いて王城で結婚式と戴冠式が行われる。

ヴァン・アーレングスが王冠を戴いて正式に国王となり、三人の女性を王妃として娶ることになった。

式典には国内からの有力者はもちろん、他国からも来賓が招かれている。それはもう盛大に行われた。

大勢の人間から祝福を受けることになったが……彼らが全員、本心から祝っているわけではないことはわかっている。

ヴァンを王として認めてはいるものの、引きずり下ろす機会を虎視眈々と狙っている者がいる。

あるいは……パレードで屋根の上にいた射手のように、もっと直接的に命を狙っている人間もいるはずだ。

「フー……すごく、緊張したよお」

何はともあれ……緊張から解放されて、ヴァンは安堵した様子で両手を天井に向けて伸ばす。

着慣れないタキシードの胸元を緩めたことで、鋼のような硬さの胸板が覗いている。

ヴァンがいるのはいつもの執務室だった。これから起こることの準備のために時間があったので、少しだけ戻ってきたのだ。

「お疲れさまでした。お兄様」

ウェディングドレスからワンピースに着替えたモアが果実水を手渡してくれる。

ヴァンはそれを一息に飲み干して……「フウッ！」と大きく息を吐き出した。

「緊張で転んだらと思ったら、気が気じゃなかったよー。本当に何事もなく終わって良かったねー」

ヴァンが「ヘラッ」と気の抜ける笑顔になった。

モアにとっては、長年、慣れ親しんだ兄の顔である。

「パレードの最中に暗殺されそうになったのに、『何事もなく』とはさすがお兄様です。モアは感服いたしました」

パレード中、ヴァンは何者かによって弓で射られそうになっていた。

警備の騎士が気がつく前に、ヴァンが自ら成敗したのだが……言葉なき骸となった彼が何者であるかは調査中である。

あの射手以外にも、警備の人間に不審者が何人か逮捕されていた。

いずれも背後関係を調べており、正体が明らかになるのはまだまだ先だろう。

「うんうん。ああして直接的に狙ってきてくれると助かるよねー。水面下で悪いことをされたらどうしようもないけど、姿を見せてくれるのなら殺せば済む話だから」

「…………」

暗殺者に対して、「殺せば済む」などと軽く片付けることができる人間がどれほどいることだろう。

改めて、ヴァンという覇王の器量を見せつけられた気分である。

「……まあ、お兄様にとっては軽いことなのでしょうね。それじゃあ、重い話をしましょうか」

モアが苦笑しつつ、意地悪そうな表情になる。

「わかっていると思いますけど……結婚式はまだ終わっていませんよ？　国王として、もっとも重要な仕事が残っているのはわかっていますよね？」

「わ、わかってるよお……」

ヴァンがわずかに上体を逸らす。

忘れていたわけではないだろうが、意識の外に追いやっていたことを突きつけられて動揺してしまったようだ。

「それじゃあ、結構ですわ……ああ、これは必要ですよね？」

モアが棚からビンを取り出した。

それはヴァンが愛飲しているブランデー。かなり度数の高いものである。

「一杯、キュッとやっていきますか？」

「……ううん、いいよ。今日は止めておく」

ヴァンがフルフルと首を振った。

予想外の反応に、モアが不思議そうに両目を瞬かせる。

「いいんですか？　アルコールを入れなくても？」

「うん……今日はちゃんと、自分で向き合ってみるよ。大切な夜だもの」

「そうですか……」

モアが嬉しそうに相貌を緩める。

頬を薔薇色に染めて、ヴァンの手を引いて隣の部屋に向かう。

「わわっ！」

「もう、準備もできているでしょう……いきましょうか、お兄様！」

執務室の隣にあるのは寝室である。

かつて国王が使い、そして……現在はヴァンとモアが共同で使っている部屋。

そこには二人の女性が待ち構えていた。

「あ……き、来たのね……ヴァン・アーレングス」

一人目は金色の髪で、凹凸に富んだ豊満な身体つきの持ち主……メディナ・アイドラン。

扇情的なデザインの赤いネグリジェに身を包んでいる。

「お待ちしておりました。ヴァン陛下」

二人目は白銀色の髪をポニーテールにした、スレンダーな身体つきの持ち主……リューシャ・ウルベルス。

こちらもまた、扇情的なデザインの白いネグリジェに身を包んでいる。

「あ……えっと……待たせたな」

ヴァンがやや緊張しながら、二人に聞こえるか聞こえないかくらいの声量で言う。

その格好から、お察しのように……彼らはこれから初夜を迎えるところだった。

初夜とはいったものの、ヴァンはすでに彼女達と他人ではないような行為をしている。

今さら、緊張することもないのだが……同時に三人を相手にするのは初めてのことだった。

「お兄様、それでは始めましょうか？」

ヴァンの隣で、モアがスルスルとワンピースを脱いで下着姿になっている。

こちらは黒色。バストトップと陰部しか隠れていない、とんでもないデザインだった。

「今夜はお酒も飲んでいませんし、三人がかりです……さて、いつものようにいきますかね？」

「……望むところだよ」

ヴァンは顔を引きつらせながら、逃げることなく妹の挑戦を受けて立ったのである。

▽　▽　▽

圧倒的な雄のリビドーを受けて、高貴な身分に生まれた二人の美姫が鳴いていた。

ヴァンに抱かれて、メディナとリューシャが絶頂の嬌声を放っている。

「ヤアアアアアアアアアアアアアアアアアアッ！」

「ンアアアアアアアアアアアアアアアアアアッ！」

（ああ……なんということでしょう……）

そんな光景を見つめて、モアが激しい歓喜に小さな身体を震わせる。

（私が理想としている光景が目の前にある……お兄様が美しい女性を抱いている……！）

敬愛する兄が自分以外の女性を貪っている光景を前にして、モアは心からの喜びを感じた。

モアはヴァンのことを愛している。兄としても、一人の男性としても。

しかし、目の前の出来事に嫉妬はない。むしろ、夢が実現したとすら思っていた。

（お兄様は覇王となられる御方。その資格を持って生まれた英雄……！）

ヴァンとモアは血のつながらない兄妹であり、幼い頃から同じ時間を過ごしている。

昔はヴァンのことを便利に使っていた。考えるのが苦手で従順な兄を召し使いのように扱って言うことを聞かせていた時期があった。

しかし……ある時期から、モアは認識を改めていた。

力持ちで穏やかな気質の兄……その背後に、とんでもなく巨大で凶悪な怪物が潜んでいると気がついたからだ。

『悪』というのは、そもそもは強くて恐ろしい物を指す言葉なのです。そういう意味では、お兄様は極悪人ですね」

ヴァンは平和を愛する優しい男であったが、紛れもなく戦いの申し子。乱世に覇を唱えるであろう軍神の化身だ。

穏やかになんて生きられるわけがない。戦場で敵を討ち滅ぼして、征服して手に入れた女を散らすことこそ相応しい。

「ハ……ア……」

「くうん……」

そんなことを考えているうちに、メディナとリューシャが果ててしまった。

二人がかりでヴァンに立ち向かったというのに……まったく、相手にならなかった。

(今日はお酒を飲んでいないから、もしかしたらと思いましたけど……どうやら、飲酒と絶倫との間に因果関係はなかったようですね)

「妹ちゃん」

二人の美姫をベッドに沈めたヴァンが、振り返ってモアを見つめてくる。

「おいで」

そして……逞しい腕を差し出してきた。

裸の兄が自分を誘っている。求めてくれている。

「畏まりました。お兄様」

拒む理由などあるわけがない。

モアは下着を脱ぎ去り、一糸纏わぬ姿になって兄に抱き着いた。

ベッドの上に胡坐《あぐら》をかいて座った兄の膝に跨り、両脚でヴァンの胴体を挟むようにする。

そして……ヴァンの首に手を回して口づけをした。

「ンチュ、クチュ、レロ、チュブチュブチュブ……」

唇を重ねてすぐに、舌を挿し入れて兄と激しい接吻をする。

メディナやリューシャのように、簡単に兄に主導権を握らせはしない。

モアはこれまでにも、たびたび兄に酒を飲ませて身体を重ねていた。

兄が目を覚ます前にベッドを去るようにしているので、ヴァンに記憶があるのかどうかは不明だが……ともあれ、他の二人の妃よりもずっと経験豊富である。

(とはいえ……主導権を握れるのはここまでなんですよね)

「アアンッ！」

モアが甲高い嬌声を上げる。

ヴァンが燃えるように熱い『剣』を押しつけてきて、上下に擦り始めたのだ。

二人を相手にしてもなお衰えることのない『剣』がモアの敏感な部分を激しく、それでいてもどかしく刺激する。

「お、お兄様あ……！」

モアの口から自然と媚びた声が零れてしまう。

経験豊富とは言ったものの、モアが身体を重ねた相手はヴァンだけ。おまけに、全戦全敗という戦績である。

今回も同じような結果になりそうだ。モアは一方的に喘がされるようになってしまった。

「あん、は……あふうっ……んっ、んんっ……やあん……」

ヴァンの一挙手一投足に反応して、モアは演奏中の楽器のように艶声を奏でた。

ヴァンの舌が首筋や耳を舐めてくる。逞しい『剣』が股間を責めてくる。左右の乳房がヴァンのぶ厚い胸板に押しつけられ、上下に擦られて乳首が刺激される。

「ふぁあ……あー、あー、あああアアアアアアアアッ！」

まだ本番に至っていないというのに、モアは何度も繰り返し絶頂に導かれた。

経験豊富であるということは、裏を返せば、すでに肉体の開発が終わっているということでもある。

「ふあ……あ……あう……」

モアはやがて、兄の身体に覆いかぶさるようにして脱力してしまう。

「妹ちゃん」

「んあ……」

耳元に囁かれて、それだけでモアの身体がビクンと震える。

「愛しているよ、妹ちゃん」

「あふあ……おにいしゃま……わたひも、でふう……」

「いくよ」

「アアアアアアアアアアアアアアアアアアッ!?」

そして……『剣』がモアの身体を貫いた。

脱力していた身体が電流を流されたように跳ねて、絶叫が上がる。

「ああ……すてき、です……おにいしゃま、おにいしゃま……！」

モアが恍惚とした声で鳴く。

すでに何度か身体を重ねているだけあって、他の二人よりも慣れている。

『剣』に貫かれながら、頬をヴァンにすり寄せたり、ヴァンの肌をペロペロと舐めて甘えていた。

「うれしい、です。モアは幸せ者でひゅ……」

「妹ちゃん。俺も嬉しいよ」

愛おしそうに妹を撫でて、ヴァンが耳元に囁きかける。

「動くよ」

「ふあっ……！」

パチュ♥
パチュパチュ♥

ヴァンが腰を動かして、妹の身体を内側から責める。

「ああっ、はっ、んあ……ふやあんっ！」

「妹ちゃん。可愛いよ、妹ちゃん」

「はふう……ああ、んあああああ……」

ヴァンとモアが身体を重ねて、お互いを求めあう。

最初は優しく、鳥がくちばしでついばむようなキスを交わしながら、甘々に抱き合う。

「ひゃああああああああっ！」

そして……次第に激しさを増していき、獣のような激しい交わりに。

腰を強く打ちつけて、底なしの体力を駆使してモアを蹂躙した。

「妹ちゃん、妹ちゃん、妹ちゃんっ！」

「んやあああああああああああああああっ！」

甲高い声が上がり、モアが絶頂に達した。

その後も二人の交わりは続き、最終的には回復したメディナとリューシャも交じり、四人で身体を重ねることになった。


戴冠式を終えて正式に国王となったヴァン・アーレングス。

その最初の仕事である三人の妃との初夜は、大成功で済まされたのであった。

間章　ロイカルダン平原の戦い

大陸中央にある二つの国……アイドラン王国とゼロス王国は長年の敵対国だった。

これまで領地を巡って幾度となくぶつかり合っており、けれど決着がつくことなく現在にまで至っている。

しかし……どんなものにだって終わりはある。

その日、その時に起こった戦いは両国にとって、最後の戦争になるのであった。

▽　▽　▽

時はヴァンが王となる一年前までさかのぼる。

両国の国境付近にあるロイカルダン平原にて。

南にアイドラン軍、北にゼロス軍がそれぞれ陣を張っており、膠着状態となっていた。

二つの国の兵数は拮抗している。正面からぶつかり合えば、どちらにも多大な被害が出ることだろう。

だからこそ、お互いに迂闊に動くことはできない。

先に動いたほうが負けだとでもいうのだろうか……広い平原を挟んで睨み合いながら、その時を待っていた。

「突撃いいいいいいいいいいいいいいいっ！」

先に我慢の限界がやってきたのは、南のアイドラン軍である。

総指揮官である王太子……エイリック・アイドランが自軍に突撃を命じた。

若き王族であるエイリックにとって、これが初めての戦い……つまり初陣である。

つまり、これは王太子としての箔をつけるための戦い。そして……下卑たる欲を果たすための戦いでもあった。

初めての戦場にやる気を漲《みなぎ》らせており、それ故に焦れてしまったのだろう。

「「「「オオオオオオオオオオオオオオオッ！」」」」

総指揮官に命じられた以上、兵士達も動かないわけにはいかなかった。

兵士達が平原を駆けて、ゼロス軍の陣地を目指して突撃していった。

「今だ！　撃てええええええええええええっ！」

しかし……それはゼロス軍にとって待ち構えていた展開である。

ゼロス軍の陣地から大量の弓矢が放たれて、アイドラン軍に降りそそいだ。

「うわあああああああああああっ！」

「馬鹿な……この距離から弓矢が届くのか!?」

アイドラン軍は知らなかった。ゼロス軍が研究により、新型の弩弓を開発していたことを。

風の魔法が組み込まれたその弩弓は通常の二倍の射程距離があり、それゆえに警戒の外からアイドラン軍を攻撃することができたのだ。

射程距離が長い分だけ重くて移動が遅くなってしまうため、アイドラン軍が先に動くのを待っていたのである。

「よし……敵が崩れたぞ！　今こそ勝機である！」

叫んだのは……ゼロス軍の総指揮官。

ゼロス王国の王太子であるロット・ゼロスだった。

アイドラン王国の王太子であるエイリックよりも一つ年下であったが、大将としての器量はずっと上のようだ。

ここぞとばかりに配下に突撃を命じて、自分自身も馬を駆って前線へと進み出た。

「この機を逃すな！　一気にアイドラン軍を叩き潰すのだ！」

「「「ウオオオオオオオオオオオオオオッ！」」」

勇敢な王子に引き連れられて、ゼロス軍が一気呵成に突撃した。

まんまと罠に嵌まり、弓矢の雨を浴びて動揺しているアイドラン軍に襲いかかる。

「クッ……迎え撃て！　持ちこたえろ！」

「敵を通すな！　この先にはエイリック殿下がいるんだぞ！」

アイドラン軍も必死になって抵抗する。

前線の指揮官が兵士の動揺を抑え込んで、突っ込んでくるゼロス軍をどうにか迎撃しようとした。

戦いの始まりは完全にゼロス軍の勝利。

しかし……戦争はまだ始まったばかりである。

弓矢と突撃による被害は無視できないものの、勝敗が決するほどではない。

まだまだ、挽回が可能な段階だった。

「う……ウワアアアアアアアアアアアッ！」

しかし……そこでアイドラン軍にとっても、ゼロス軍にとっても予想外の事態が生じた。

平原の南側に設置されたアイドラン軍の本陣。

そこに構えていた総指揮官……エイリック・アイドランが突如として馬に跨り、戦場から逃げ出したのである。

自軍の兵士が罠にかかり、敵軍が迫って来るのを見て……恐慌に駆られて逃亡してしまったのだ。

「なっ……殿下！　お待ちください、殿下！」

副官の男性が追いすがる。

エイリックの補佐として付き従っているその男の名前はモルテガ・ブラック将軍。

初陣であるエイリックを支えるように王命を受けており、未熟な王太子に代わってアイドラン軍の実質的な総指揮官を務めている古参の将だった。

「どこに行かれるのですか！　まだ戦いは始まったばかりですぞ!?」

「ウルサイ！　敵があんなに近くまで迫っていたんだぞ!?　僕が殺されてしまったらどうするんだ！」

追いすがるブラックに、エイリックが怒りの叫びを放つ。

「軍は任せた！　僕は王都まで引き返す！　絶対に敵軍を通すんじゃないぞ。ここで囮になって死ね！」

「なっ……！」

「行け！　走れ！　逃げろおおおおおおおおおおっ！」

エイリックはわずかな側近だけを引き連れて、戦場から去ってしまった。

重ねて言うが……まだまだ決着はついていない。

序盤で罠にかかり、手痛い損害は受けてしまったものの……勝敗は依然として遠い場所。

敵軍が接近してきているといっても、すぐに本陣が襲われるような段階ではなかったはず。

それなのに……怯えて、配下の軍勢を置いて逃げたエイリックに失望の念が湧き上がってくる。

「お、おい！　王太子が逃げたぞ!?」

「そんな……俺達はどうすればいいんだよ！」

エイリックに失望して、動揺しているのはブラックだけではない。

前線で戦っていた兵士もまた、総指揮官が逃げ出してしまったことに気がついたのだ。

「ま、負けだ！　逃げるぞ！」

「やってられるか……退け退け！」

「おい、待て！　撤退の許可は出てないぞ！」

「戦え、逃げるな！」

部隊長が押しとどめようとしても、もはや混乱は収まらなかった。

自軍の頭が真っ先に戦場から消えてしまったのだから、無理もないことである。

「クッ……やむを得まい！　あの甘ったれのクソガキが！」

ブラックは王族に対してあるまじき暴言を吐き捨てて、戦場に馬を向ける。

このままでは軍が瓦解する。そうなれば、勢いをつけたゼロス軍が国内までなだれ込むだろう。

最悪でも、すぐに進軍はできないくらいのダメージを与えなくてはならない。

それこそ……命懸けで。

「ここが我が死に場所だ……兵士達よ、我に続けえええええええええっ！」

アイドラン王国の護国の将……モルテガ・ブラックはこの戦場で死ぬことになる。

しかし、それと引き換えにアイドラン軍は決定的な崩壊を免れることになった。

そして……一人の男が形勢を覆す時間を稼ぐことができた。

「……進め。行くぞ」

ヴァン・アーレングス。

その時はまだ英雄になる以前、中隊を率いる部隊長の一人にすぎなかった男が動き出す。

後に『ロイカルダン平原の人喰い鬼』と呼ばれることになる男が、混乱する戦場の中で淡々と部隊を進めていった。

▽　▽　▽

「えっと……ウチの指揮官が逃げちまいましたねえ。どうします、大将？」

時はほんの少しだけさかのぼる。

戦場の後方。逃げていくエイリックの姿を見て……ユーステス・ベルンが溜息を吐いた。

ユーステスは優れた騎士だった。それ故に、すでにこの戦場における勝敗が決してしまったことを悟っていた。

総指揮官であるエイリック・アイドランは飾りであったとしても、陣地にいたのであれば、まだ逆転の目があったはず。

だが……そのお飾りの大将が消えた。

総指揮官が逃げてしまったことで、アイドラン軍は明らかに動揺している。弩弓による奇襲を受けた時以上の混乱が広がっていた。

いかに名将として知られるモルテガ・ブラックが押し留めようとしていても、この混乱を収めることは叶うまい。

「こりゃあ、総崩れですぜ。さっさと逃げちまいましょうよ……ご決断を。大将」

「…………」

指示を仰がれたのは……ユーステスが属している中隊の部隊長。

平民出身でありながら中隊長まで上り詰めた青年、ヴァン・アーレングスである。

ヴァンに率いられた中隊は弩弓による被害は受けていない。

ヴァンが直感的に敵の意図を読み取って、部隊を止めたことで被害を防いだのだ。

おかげで、中隊はまだ無傷である。他の部隊のように混乱をしておらず、容易に戦場から逃げ去ることができるだろう。

「……進め。行くぞ」

「へ……？」

しかし、ヴァンが命じたのは撤退ではない。

それどころか……前に進むこと。進軍を命じたのである。

「ちょ……正気ですかい？　この状況で……まさか、進めと？」

ユーステスはヴァンのことを信頼している。

平民でさえなければ、中隊どころか大隊の将だって務められる人間だと思っていた。

しかし……この状況での進軍は頭がイカれてしまったのかと疑わしくなる。

「……勝機が見えた。アイドラン軍の勝ちだ」

ヴァンが短い口調で断言する。

ヴァンは無口な男だった。よほど親しい人間の前でなければ、胸襟は開かない。

ユーステスだけならばまだしも、他にも兵士がいる場所では言葉短く話していた。

「ブラック将軍が奮起している……今ならば、奪《と》れる」

「奪れるって……まさか!?」

ユーステスはようやく、ヴァンがやろうとしていることを悟った。

副官が自分の意図を汲んだのを見て、ヴァンが戦場の遥か先を指差した。

「周囲にいる他の部隊の人間も集めろ。敵の本陣に突っ込むぞ……俺が先陣を切るから、ついてこい」

そして……馬を駆り、走り出した。

目指す場所は戦場の北方……ゼロス軍の本陣である。


「これは……勝ちましたな！」

「ええ、決定でしょう！」

ゼロス軍の本陣は、すでに戦勝ムードになって沸き立っていた。

アイドラン軍がまんまと策に嵌まり、弩弓による矢の雨を浴びせた時にも会心の笑みを浮かべたものである。

しかし……その笑みはさらに、勝利の歓喜へと変わっていった。

ゼロス軍にとっては予想外の幸運。敵の総指揮官であるエイリック・アイドランが戦場から逃げ出したのだ。

「まさか……一国の王子ともあろう者が自軍を見捨てて、自分達だけ逃げ出すとは……！」

「どうやら、アイドラン王国の次期国王はとんだ臆病者のようですなあ！　これは彼《か》の国が滅びる日も近いかな？」

「我が国の王太子殿下とは大違いですなあ。このまま、敵国の奥深くまで攻め込んでしまいましょうぞ！」

口々に弾んだ声を上げているのは、ゼロス軍の本陣にいる留守役の将達である。

ゼロス軍の指揮官であるロット・ゼロスは兵士を率いて、自ら前線に出ていた。

逃げ帰ったエイリックとは違って勇敢で頼もしい王太子を戴き、ゼロス軍の将は誇らしさを胸にして自国の繁栄を確信する。

歴史というものは、時として一個人の勇敢さや愚かしさによって大きく動く時がある。

エイリックが愚かにも逃げ帰ったことによって、ロットが前線で勇敢に指揮を取ることによって……二つの国の命運は大きく動こうとしていた。

「て、敵襲です！」

「アイドラン軍が本陣に攻めてきました！」

しかし……残念ながら、ゼロス軍の笑顔はいつまでも続かなかった。

歴史は一個人の力によって動く場合がある。

一人の青年の手によって、ゼロス王国の勝利と繁栄が断たれようとしていた。

「すでに守りの兵士は蹴散らされており、こちらに向かってきます！　皆様、早く逃げてください！」

「なんだと!?　この状況で奇襲だと!?」

部下の兵士の報告を受けて、将の一人が慌てて叫ぶ。

勝利を確信して油断していたところを、まんまと突かれてしまった。

「敵の数はどれくらいいるのだ!?」

「お、おそらく……三百ほどで……」

「三百!?　たったの三百だと!?」

本陣の守りとして千近い兵士がいたはず。

それなのに……まさか、たった三百の兵士によって破られてしまったというのか。

「クッ……まさか、王太子殿下の留守を狙われるとは……！」

「おのれ、アイドラン軍め！　ゆるさ……」

「攻めろオオオオオオオオオオオオオオッ！」

「な……ギャアアアアアアアアアアアアッ!?」

ちょうどそのタイミングでアイドラン軍が押し入ってきた。

最前線に立って槍を振るっているのは……ヴァン・アーレングスその人だった。

「クソッ！　貴様……！」

「このままやられると……ガハッ！」

「五月蠅い」

ヴァンが淡々とつぶやきながら槍を振るった。

その場にいた留守役の将の身体をまとめて薙いで、一撃で屠る。

「よし、殺れ！」

「喰らいやがれ！」

「オオオオオオオオオオオオオオオオオッ！」

ヴァンの周りにいる兵士達も獅子奮迅の戦いぶりを見せる。

猛将の下に弱卒はいない。ヴァンの強さに引き上げられるようにして、圧倒的な強さでゼロス軍の兵士を駆逐していく。

「よし……敵の兵糧に火をかけろ。本陣ごと焼き払え」

敵将が残らず倒れたのを確認して、ヴァンが命じる。

本陣は崩したが……これで終わりではない。

むしろ、ここからが本番である。

「前線に出ているゼロス軍の兵士全てから見られるくらい、とにかく燃やせ。自分達の陣地が落とされていることを知らしめろ」

「了解！」

ヴァンの命令を受けて、ユーステスを始めとした兵士達が敵陣に火をかける。

轟々と燃えさかる炎によって、ゼロス軍の本陣が一つの篝火《かがりび》になった。

アイドラン軍が罠にかかって弩弓の餌食となり、総指揮官であるエイリック・アイドランが逃亡して……戦場はゼロス軍の思うがままになっていた。

頭を失ったアイドラン軍は半数が右往左往しており、混乱して逃げ回っている。

ゼロス軍の振り下ろした槍によって次々と討たれて、数を減らしていった。

それでも……ギリギリのところで持ちこたえているのは、アイドラン王国の護国の大将であるモルテガ・ブラックがいるからだ。

モルテガが最前線に立って兵士達に檄を飛ばし、どうにか戦線を維持している。

そうでなければ……アイドラン軍はとっくに瓦解しており、千々に四散していたことだろう。

「勝利まであとわずかだ！　皆、このまま攻撃を……」

「ロット王太子殿下！　我が軍の陣地から火の手が上がっています！」

「なんだと……！　そんな、馬鹿な……！」

だが、得意げに戦っていたゼロス軍に悲報がもたらされた。

突如として、ゼロス軍の陣地から燃えさかる炎が上がったのである。

あの場には留守役の将と一千の兵士を守りに残していたはずなのに……燃えさかる炎、黒い煙は戦場のどこからでも見えるくらいに高々と上がっていた。

「まさか、本陣が奇襲されていることに気がつかないなんて……戦場の深くまで踏み込みすぎたか！」

ロットが悔しそうに叫ぶ。

ロットは年齢十八歳の若い王太子だった。ゼロスの王族特有の紅色の髪、戦場には似合わぬ中性的な美貌の持ち主である。

その美貌が見る影もなく歪み、怒りと焦りに染まっていた。

ロットが自軍の陣地が攻められていることに気がつかなかったのには、いくつか理由がある。

一つ目の理由は、圧倒的に有利に戦況が動いていたこと。

エイリック・アイドランが逃げ出したことにより、ゼロス軍は早くも勝利の美酒に酔いしれていた。目の前にぶら下がった勝利によって、後方への意識が削がれていたのだ。

二つ目の理由はモルテガ・ブラックが奮戦していたこと。

アイドランで一、二を争う名将が決死の抵抗をしていたことで、ロットの目はその男に集中させられていた。これもまた、後方への意識を削ぐ原因である。

そして……最後の理由は、本陣を襲撃したのがヴァン・アーレングスという類まれな英傑であったこと。

ヴァンはごく少数で、ごく短時間で本陣を落として、火を放ってみせた。

これにより、ロットが軍を後方に戻す暇もなく、ゼロス軍の陣地は火の海になったのである。

「攻めろオオオオオオオオオオオオオオオオオッ！」

「「「「オオオオオオオオオオオオオオオオオッ！」」」」

おまけに……ヴァンの活躍はまだ終わってはいなかった。

自軍の陣地が焼かれているのを見て動揺しているゼロス軍の後方へ、勢い良く襲いかかったのである。

ヴァンに率いられた兵士はたったの三百人だったが……勢いづいた彼らは止まらない。

周囲で散り散りになっていたアイドラン軍の残党を掻き集めながら、ロットめがけて迫ってきていた。

「好機だ……一気に畳みかけよ！」

「「「「オオオオオオオオオオオオオオッ」」」」

加えて……ヴァンに呼応して、アイドラン軍の副将であるブラックも動き出した。

一方的にやられていたアイドラン軍が決死の反撃。命を顧みない攻撃をゼロス軍へと浴びせかける。

「クッ……まさか、この僕が追い詰められているのか⁉」

「王太子殿下！　我が軍が挟み撃ちに遭っています！」

こうなると、苦しいのはゼロス軍のほうである。

前門のブラック、後門のヴァン……二人の名将によって、かえって追い詰められる立場となっていた。

先ほどまでの圧勝ムードから一転して、刻一刻と敗北に向かっている。

「おのれ……おのれ……どうして、こんなことに……！」

「王太子殿下！　お逃げください！」

「このままでは……我が軍は壊滅いたします！」

「おのえええええええええええええっ！」

ロットが秀麗な顔を激怒に歪めて、戦場から逃げ出した。

多くの味方の兵士を犠牲にして……それと引き換えに、祖国へと逃げ帰ったのである。


ロイカルダン平原の戦い。

結果的に、この戦争に勝利したのはアイドラン軍である。

だが……アイドラン側もまた、傷は深かった。

この戦いによって負った傷が原因で、護国の大将であったモルテガ・ブラックが命を落とすことになる。

兵士も大勢失ってしまい、ゼロス軍を追撃するどころではなくなってしまった。

おまけに……戦場から逃げ出したエイリック・アイドランへの風当たりも強かった。

アイドラン軍が勝利したことにより、『勝てる戦争から逃げた軟弱者の王子』というレッテルが貼られたのである。

「チクショウが！　これも全部全部、あの平民上がりの騎士のせいだ！」

エイリックは戦争を勝利に導いた立役者であるヴァンに逆恨みして、彼を辺境に追放することを決定した。

味方からは英雄として持て囃され、敵からは『ロイカルダン平原の人喰い鬼』と呼ばれて恐れられるヴァンを追放しようとしたことが……アイドラン王国の滅亡のきっかけとなる。

追放されることになったヴァンは妹に泣きついて、反乱を起こすことを決意した。

この戦争に参加していた多くの騎士がヴァンを支持して、その旗下に加わる。

護国の大将を失っていたアイドラン王国はろくに抵抗することもできずに、王都まで占領されることになったのであった。

第五章　女子会が盛り上がっているが隣国にケンカを売られたよ

アイドラン王国……改め、アーレングス王国の北方にある国、ゼロス王国。

大陸中央から北方にかけて跨るその国は、北国ということもあって寒冷な気候である。

一年の半分以上が雪景色によって覆われており、国土の大部分がツンドラ地帯となっていた。

作物は育ちづらいものの、鉱山をいくつも所有しており、鍛冶技術が発達している。

それによって強力な武器を生産しており、東の帝国には及ばないまでも強国としての地位を確立していた。


「…………ハッ！」

そんなゼロス王国の王都。

王城の一室にて、一人の人物がベッドから飛び起きた。

周囲には暗闇の帳が下りており、まだ夜更けであることがわかる。

「ハア、ハア……夢だったのか……」

顔に手を当てると、とんでもない量の汗をかいていることに気がついた。

悪い夢を見ていたのだ。

人生で最悪かもしれない日の夢を。

「……ヴァン・アーレングス」

シーツを握りしめて、暗闇の中でその人物がつぶやいた。

中性的で端整な顔立ちの若者である。

その人物の名前はロット・ゼロス。ゼロス王国の王太子である。

「ヴァン・アーレングス……僕は忘れないぞ。貴様のことを……貴様を殺す日まで決して忘れない……！」

憎々しそうにつぶやくロット。

ロットはかつて、ロイカルダン平原でアイドラン王国の軍と戦った。

そして、あと少しで勝利するというところで……一人の男の介入により、敗北することになってしまった。

ゼロス軍の勝利を阻んだ人物こそがヴァン・アーレングス。『ロイカルダン平原の人喰い鬼』などと呼ばれて、恐れられている人物だ。

ロットはかつて、王太子として栄光の下で生きていた。

優秀で勇敢なロットは父王からも臣下からも認められており、次期国王になることが待望されていた。

しかし……ロイカルダン平原での敗北により、その人生に翳《かげ》りが生じる。

あの戦争での敗北により、それまで息を潜めていた反抗勢力がロットを引きずり落とすべく動き出したのだ。

国内の有力者が第二王子、第三王子を担ぎ出しており、水面下で激しい権力争いが生じていた。最悪の場合、内乱に発展しかねない情勢となっている。

(僕が負けなければ、勝利していたのであれば、こんなことにはならなかった……他の王子を支持する者達も動き出すことはなかった。確実に王になっていて、他の王子達は臣籍降下して終わっていたというのに……！)

ロイカルダン平原でロットが敗北したことにより、他の王子が「自分が王になれるかもしれない」と思うような隙を作ってしまった。

それ以来、ロットはずっと敵国の英雄であるヴァン・アーレングスに対して激しい憎しみを燃やしている。

そんなロットのところに、先日、さらに怒りの火に薪をくべるような知らせが入ってきた。

ヴァンがアイドラン王国に対してクーデターを起こして、国を乗っ取ったという報告である。

(いや……ヴァン・アーレングスならば自然なこと。寡兵にて戦況を一変させるあの男であれば、愚王や愚王子の下にいるような器ではない……)

それは驚くべき知らせのはずだったのだが……不思議とロットは腑に落ちている。

アイドラン王国の王族はごく一部を除いて、腐りきっていた。

明らかに未来のないアイドラン王国にいつまでも仕えているほど、ヴァンという男は大人しい人間ではないだろう。

ロットがヴァンに直接、会ったことはないのだが……何故だか、それを理解することができていた。

（貴様のせいで、この国は混乱の渦中に陥れられた……この借りは必ず返してやる……！）

できることなら、クーデターが起こった直後にアーレングス王国に攻め込みたかった。

しかし……かつての敗戦によって生じた損害のせいで、なかなか戦いの準備が進まなかったのである。

（だが……ようやく、軍備が整った！　ヴァン・アーレングス……貴様の国をこの手で滅ぼしてくれる……！）

アイドラン王国……否、アーレングス王国を滅亡させれば、その功績によってロットは権威を取り戻すことができる。

混乱するゼロス王国をまとめ上げて、他の王子を退けることができるだろう。

「待っていろ……ヴァン・アーレングス！　貴様の天下は長くは続かぬぞ……！」

かくして……王太子ロット・ゼロスは動き出す。

雪辱のため、復讐のため……アーレングス王国へと矛を向けた。

ロット・ゼロスから送られた書状……宣戦布告としか思えないそれがヴァンの手元に届いたのは、それから一週間後のことである。

▽　　▽　　▽

戴冠式と結婚式が終わって……ついでに三人の妃との初夜も終わった。

かくして、ヴァン・アーレングスは名実ともにアーレングス王国の王となった。

かつてアイドラン王国と呼ばれていた国は、ほぼ完全にヴァンによって掌握されている。

貴族の大部分がヴァンに忠誠を誓っていた。胸の内までは知らないが……少なくとも、表立って抵抗する人間はいなくなっている。

ヴァンの下には、連日のように国中から多くの人間が集まっていた。

新たな国王に仕官を願い出る者達である。

アーレングス王国の前身であったアイドラン王国は権威主義が強く、下層階級の出身者への風当たりが強かった。

そのため、能力があっても芽が出ない人材が大勢眠っていたのだ。

そんな人材が平民でありながら王になったヴァンの下に集っている。

税率も大幅に下げられており、多くの国民が国政が良くなっていくのを肌で感じていた。


「さて……それでは、アーレングス王国『裏・淑女会議』を開催いたします」

そんな中、王宮の一室で奇妙な集まりが開かれていた。

カーテンが閉められた薄暗い部屋の中には、蝋燭のオレンジの光が灯されている。

部屋の中央には大きな円卓が置かれており、いくつかの人影が椅子についていた。

「皆様、本日はお集まりいただき感謝いたします」

話を切り出したのは、円卓についている一人の女性だった。

長い黒髪を背中に流しており、顔の上半分を同じく黒の仮面で隠している。

「本会議の議長を務めさせていただきます、私の名前は……そうですね、仮に『ブラック』とでも呼んでください」

「あの……モアさん？　ちょっといいですか？」

円卓についている別の女性が控えめに挙手をした。

その女性は白銀色の仮面をつけており、同色の髪をポニーテールにして結っている。

「私のことは『ブラック』と呼んでください。『シルバー』」

「あ、私は『シルバー』なのですね……それはともかくとして、今日は女性だけで大切な用事があると聞いてきましたが？」

銀髪の女性……『シルバー』が困ったように苦笑する。

「どうして、私達は仮面をつけているのでしょう。全員顔見知りですし、正体を隠すようなことは何もないと思いますが……？」

「気分ですよ。気分」

「気分……？」

「顔を隠しているからこそ、胸の内を隠すことなくさらけ出すことができる……そういうこともあるでしょう？　皆様、今日は立場や地位を考えずに自由に発言をしてください」

「…………」

『ブラック』の答えに、『シルバー』が微妙な表情になる。

仮面のおかげで、表情の変化はあまり表に出てはいなかったが。

「そうですね……それでは、挨拶もそこそこですが本題に入りましょう。皆様に集まっていただいたのは、お兄様……じゃなくて、ヴァン・アーレングス陛下の『伽《とぎ》』についてです」

「「…………！」」

一同から、緊張した空気が生じる。

円卓についているお互いの顔を窺うようにして、身じろぎをする。

『伽』というのは、つまり夜伽のこと。国王であるヴァンとの夜の営みについてである。

「ここにいる皆様はすでに陛下のお手付きになっています。今さら、隠すことではありませんね」

「つまり……貴女は世継ぎについて話がしたいのね？」

先ほどとは別の女性が声を発する。

美しい金髪の持ち主であり、金色の仮面をつけていた。

「誰が産んだ子供が次期国王となるか……それを話し合うために私達を集めたのでしょう？」

「違います。大ハズレですよ、『ゴールド』」

「へ……？」

『ゴールド』と呼ばれた女性がビシリと指摘するが、『ブラック』があっさりと首を振る。

「まだ生まれてもいない子供の格付けをしても仕方がありませんよ。子供は天のもらい物ですし、優秀であるかどうかもまだわかりませんからね」

「な、ならば、『伽』というのは……」

「私が話したいのは……いえ、提案をしたいのは、陛下の妃を増やすことについてです」

「増やすって……まさか！」

「もしかして、四人目の妃を娶るというのでしょうか？」

『ゴールド』と『シルバー』が同時に驚きの声を上げる。

国王であるヴァン・アーレングスにはすでに三人の妃がいる。

結婚式を挙げてからそれほど日も経っておらず、あえて妃を増やすような段階ではない。

それなのに……どうして、あえてそんな提案をするのだろうか。

「だって……そうではないですか、皆さん」

『ブラック』が溜息を吐く。

それはもう……疲労に満ちた溜息を。

「だって……このままでは、身体がもたないですよ！　三人だけでは、お兄様を受けとめきれません！」

「「…………!!」」

その言葉に激震が走った。

見当違いのことを言われたからではない。むしろ……これまで三人が思っていたが、あえて口に出さなかったことを指摘されたからである。

「……失礼。お兄様じゃなくてヴァン陛下は知ってのとおり、絶倫です。とても夜に強いです」

結婚してから今日にいたるまで……三人は代わる代わる、王によって抱かれている。日によっては三人まとめてという日もあった。

それ自体は良い。悪いことなど何もない。

世継ぎを作ることは王と妃の義務。特定の妃を寵愛することなく、全員を公平に愛しているのだから、むしろ褒められるべきだろう。

「ですが……激しすぎます。それはもう、昼間の仕事に支障が出るほどに……」

それである。

ヴァンはあまりにも夜に強すぎて、三人がいても受け止めきれないのだ。

夜の営みをした翌日には疲労から完全にヘタってしまい、妃としての政務が手につかなくなってしまう。

ヴァンは結婚前まで、酒で勢いをつけなければ女性を抱くことができなかった。

しかし、夫としての責任感だろうか……素面でも三人を抱くようになっている。

『エッチするって、こんなに気持ちが良かったんだね……知らなかったよ』

その恐るべきセリフは初夜の翌朝に放たれた。

酒なしで女性を抱いたことにより、ヴァンはセックスの快感を覚えてしまったのだ。

それまでアルコールの力によって吹き飛ばされていた愉悦を自覚したことで、すっかり嵌まってしまったようである。

毎晩のように三人の妃を求めており、彼女達は何度となくベッドに沈められていた。

「な、なるほど……確かに、それは重要な課題ね……」

「ええ……可及的速やかに解決しなくてはいけません」

『ゴールド』と『シルバー』が同意した。

確かに……それは重要な問題である。自分達の身体がかかっているのだから。

「お兄様に……陛下に愛されるのは嬉しいですけど、仕事に支障が出るのは困りますね。ただでさえ、この国は新興国で人材不足だというのに……」

『ブラック』が悩ましげに溜息を吐く。

『ゴールド』と『シルバー』もまた、同じような様子だった。

本来、妃というのは王の寵愛を奪い合って険悪になるものである。

三人もいれば、激しい争いが起こってもおかしくはないのだが……彼女達の間にそんなマイナスの関係性はない。

それはある意味では、ヴァンが絶倫なおかげである。

もしも、ヴァンの寵愛を独り占めしてしまえば……間違いなく、とんでもない負担を背負うことになってしまう。

三人ともそれがわかっているからこそ、ヴァンの寵愛を奪い合うことをしないのだ。

ヴァン・アーレングスという男は、自分達が独占できるような男ではない……それは三人の妃の共通認識だった。

「うーん……しかし、妃を選ぶとなれば選定が大変でしょう。いっそのこと、娼婦を連れてきて性欲の処理を任せてはどうでしょう？」

『シルバー』が挙手をして、提案する。

単純に性欲を発散させるだけならば、あえて妃を増やすこともないのではないか。

「子供を作らせなければ良いのでしょう？　子種を外に出すようにしてもらえば……」

「……陛下が我慢できるかしら？　あのケダモノが？」

「それ、は……」

「私は無理だと思うわね」

「…………」

『ゴールド』が断言すると、『シルバー』も黙り込んだ。

そもそも……ヴァンが自重する性格であったのなら、彼女達がこんなにも悩むことはなかっただろう。

「娼婦はダメですね。娼婦を城に招いているなどと悪評が立っては面倒ですし、却下です」

『ブラック』の断定に、他の二人は無言で首肯した。

「だからといって……生半可な女性はいけません。政治的に価値のない妃を増やして、子供ができてしまっては後で問題になりますから」

ただでさえ、新興国であるこの国は政治的な地盤が緩いのだ。

身分の低い妃が子供を作ってはいけない。少なくとも、王太子になる可能性が高い最初や二番目の子供はダメだ。

「本当は私だってお兄様の妻になれる人間では……いえ、その話は止めておきましょう」

『ブラック』がフルフルと首を横に振った。

「最低でも上位貴族、できれば他国の姫を迎えたいところですね……」

「しかし、都合よくはいかないわ。陛下は先日、三人も妃を迎えたばかり。公然と募集するわけにもゆかないもの」

「いっそのこと……戦争をして奪ってしまえばどうでしょう？」

考え込む二人に、『シルバー』が意外な提案をした。

「戦争で他国を打ち倒して、属国として従える……そして、従属の証として姫を差し出させれば良いのではないでしょうか。そうすれば、領地も増えて一石二鳥です」

笑顔で言い切る『シルバー』。

口ぶりこそ穏やかであるが、『シルバー』は意外と脳筋な性格だった。

「東のシングー帝国、北のゼロス王国、南の大森林にいる異民族、西の海の先にある島国。明確に敵対しているのは東と北ですけど、選り取り見取りではありませんか。ヴァン陛下の威を世界に轟かせては如何でしょう」

「そんな馬鹿な……この国は戦争をできる状態ではないでしょうに……」

『ゴールド』が呆れた様子で頭を抱える。

内乱が終わって間もないというのに、他国に外征をしている余裕はない。

「そうですね……止めておきましょう。大義名分がありません」

『ブラック』もまた、戦争には反対のようである。

大義名分。即ち、他国に戦争を仕掛ける正義がない。

アーレングス王国は生まれたばかりの国であり、前身であるアイドラン王国とは別物ということになっていた。

つまり、アイドラン王国時代に敵対していたから、侵攻を受けたからというのは大義名分として成り立たない。

「陛下を世界の王にするのは賛成ですけど……さすがに時期尚早ですね」

『ブラック』が他の二人に聞こえない声量でつぶやいた。

しばらくは積極的な外征をしない。

だが、時がきたら国を広げることには賛成である。

ヴァン・アーレングスという男がどこまで飛翔するか……それを見届けることもまた、『ブラック』の生き甲斐なのだから。

「あの……失礼いたします。モア様、火急の知らせが……！」

扉がノックされて、一人の女性が入ってきた。

王宮で働いている女性の文官……モアの補佐をしている人間だった。

「うわ……」

暗い部屋の中、仮面の女性が円卓についている。

文官の女性は部屋の中の異様な状況に顔を引きつらせた。

「なんですか、報告しなさい」

「え？　あ、はい……それがその……」

女性文官は表情を直して、改めて報告をする。

「その、隣国から……ゼロス王国から書状が届いたんですけど……」

「…………！」

『ブラック』が仮面の奥の目を見開く。

『ゴールド』が表情を険しくさせ、『シルバー』も目を細めたのであった。

どうやら、ヴァン・アーレングスの治世は穏やかには進まないらしい。

いまだ内乱の混乱が完全に収束したわけでもないのに……早くも、新たな戦乱が舞い降りてきたようだ。

▽　▽　▽

「ど、どうしようか、妹ちゃん！　お隣の国が攻めてくるよ！」

「アンッ！」

モアが仮面を取って執務室に戻ると、いつものように動揺した様子の兄が泣きついてきた。

モアも兄に抱き着かれて陶酔しつつ、現状確認のために質問を投げかける。

「落ち着いてください、お兄様……まずは隣国が攻め込んでくるにあたって、どのように宣戦布告してきたのかを教えてください」

「う、うん……えっと、こんな書状を送ってきたんだ……」

ヴァンがゼロス王国から送られてきた書状をモアに見せる。

拝啓　ヴァン・アーレングス王

欲と色のアイドラン王国を打倒せし、新たなる国王へ。


まずは戴冠式に招待を受けながら、参列できなかった無礼を深く謝罪いたします。

ゼロス王国としましては新たなる国と王の誕生を祝福したいと考えております。

けれど……貴国はこの世の汚泥を煮詰めた邪悪な国であるアイドラン王国を前身としており、国内にはその膿を残していると報告を受けております。

我が国はかつて一方的にアイドラン王国によって攻め込まれ、幾人もの将兵が命を落とした過去を持っています。

できることならば、その遺恨を拭い去りたいと考えているのですが、貴国の内側にアイドランの根が残っているうちはそれも叶いません。

そこで、提案なのですが……貴国にはアイドラン王国の生き残りであるメディナ・アイドランを引き渡していただきたく思います。

その願いが叶った暁には、アイドランから受けたいくつもの被害を忘れて、貴国と友好な関係を結ばせていただきます。

叶わぬのであれば、貴国をアイドランの血と意志を継ぐ邪悪な国として成敗するつもりです。

ヴァン・アーレングス王は人徳に厚き御仁であると聞いております。

貴方様が賢い選択をしていただけることを心より信じています。

ゼロス王国より親愛を込めて。

ゼロス王国王太子　ロット・ゼロス

「これは……」

「妹ちゃん、これって……」

「ケンカを売られていますね」

「ケンカを売られているよね！」

つまり、そういうことだった。

ゼロス王国はこちらが飲むことができない要求をしている。

彼らの要求は第一妃であるメディナ・アイドランの引き渡し。とてもではないが、首を縦に振れるわけがない。

情に流されているわけではない。

もし、仮に要求を受けてメディナを引き渡したとすれば……ヴァンは自分の妻を売り飛ばした最低男として、汚名を受けることになる。

犯罪者の引き渡しとはわけが違う。ヴァンは多くの人間から非難を受けて、信頼を失うことだろう。

「だけど……言うとおりにするべきだという人間もいるでしょう。惚れ惚れするような絶妙な要求です」

正道を重んじる人間であれば、この要求を蹴るべきだと主張するはず。

しかし、利を重んじる人間であったのなら……妃一人の身柄で戦争が避けられるのなら、そうするべきだと考える。

ましてや、引き渡しを要求されているのはメディナ……つまり、アイドラン王家の生き残りだ。暴君を生み出した先の王家を憎んでいる者は少なくなかった。

彼らからしてみれば、メディナのために戦争が起こることのほうが容認できない。

ヴァンがメディナのために戦争を受け入れるような決断をすれば、それを理由に非難してくることだろう。

「つまり……この要求は受けても拒否してもお兄様を貶める、嫌がらせということになります。相手の性格の悪さが窺えますね……」

「えっと……この手紙の送り主、知っているよ。確か……ロイカルダン平原で戦った人だよね？　あと少しというところで逃がしちゃったんだけど……」

「……ああ、なるほど」

モアがわずかに表情をしかめて、首肯した。

つまり……この要求はアーレングス王国に対する仕返しなのだ。

王太子であるロットが私怨と独断で……とまでは言わないものの、恨み辛みを込めて不自由な二択を突きつけてきたのである。

「おそらく……日和見の貴族の中には、ゼロス王国に従うべきだと言う人間もいるでしょうね。お兄様、どう……」

「ダメだよ」

珍しくモアの言葉を断ち切って、ヴァンが断言する。

「お姫様は……メディナはもう俺の奥さんなんだから、引き渡すのは絶対にダメだ！　誰にも渡さないよ！」

「……そうですね。正しいと思いますよ」

モアが満足げに兄の言葉に感じ入る。

予想していたとおりの回答だったが……予想どおりに感動した。『推し』が解釈どおりの行動をしてくれた喜びに打ち震えつつ、モアは今後の行動について思案する。

「さて……問題は彼らにどう対処するかですね。メディナ様の引き渡しは拒絶するとして、それを非難してくる貴族をどう抑えたものでしょう……」

国内にいる貴族の半数はヴァンに忠誠を誓っているというよりも、自分の地位や財産が大切で従属しているだけである。

彼らはヴァンのことを信じていない。もしも隣国との戦いが不利になれば、平気で裏切る者だって出てくるだろう。

「いえ……すでに内通者はいるのでしょうね。お兄様に反感を持っている貴族が、この機に乗じて挙兵しないとも限りません……」

ヴァンの台頭によって地位を失った人間などは露骨に恨んでいるだろう。

彼らはすでにゼロス王国と密約を交わしており、ヴァンが軍勢を出したタイミングで王都を奪いに来る可能性もあった。

「……王都が容易く落ちることはなくとも、内乱を終えて間もない情勢下で攻め込まれたら、民は不安に陥るでしょう。どちらにしても、政権が揺らぐことは避けられない」

本当に……厄介な謀略を仕掛けてくれたものである。

ヴァンが指揮を執れば、ゼロス王国の侵攻を返り討ちにすることは難しくない。

しかし、国内に蠢動《しゅんどう》する貴族や民の不安はどうにもできない。

「何か……そう、国内の貴族を抑え込む方法は……」

「ねえねえ、妹ちゃん。妹ちゃん」

「なんでしょうか、お兄様」

袖を引っ張ってくる兄にモアが向き直る。

ヴァンは難しそうな顔をしながら、賢い妹に訊ねた。

「話がよくわからないんだけど……つまり、ゼロス王国が攻めてくるけど、王都の兵隊は動かせないって話でいいのかな？」

「そうですね、概ねそのとおりです」

「だったらさ。俺がちょっと行って、ゼロス軍をやっつけてくるよ」

「…………はい？」

なんでもないことのように言うヴァンに、モアもさすがに唖然とする。

しかし、ヴァンのほうは特に気にした様子もなく平気で断言した。

「兵隊を動かさずに俺だけで。ゼロス王国の王太子……ロット・ゼロスを捕まえてくるよ。だから、妹ちゃんは何も心配しないでくれ」

ヴァンは普段の気弱さを微塵も感じさせることなく、力強く宣言したのである。

▽　　　▽　　　▽

ゼロス王国からの突如として送り込まれた要求。

それを受け入れたのであれば、ゼロス王国は過去の遺恨を水に流して、アーレングス王国のことを認めるとのことである。

しかし、国王であるヴァン・アーレングスはそれを拒否。ゼロスの王太子であるロット・ゼロスの要求を突っぱねた。

これにより、ゼロス王国は軍をアーレングス王国へと差し向けてきた。

決戦の場所はロイカルダン平原。

両国の境界にある平原であり、かつてヴァンが英雄となるに至った戦いが行われた地である。


「問題なく、川を渡ることができましたな」

「ああ……もしも我が軍を止めるつもりであれば、渡河の前に仕掛けてくるはずなのだがな」

平原の中央を流れている川を越え、ゼロス王国軍がアイドラン王国……否、アーレングス王国へと侵入してきた。

ゼロス軍の指揮を執っているのはロット・ゼロス。ゼロス王国の王太子である。

「まさか……再び、この地を訪れることになろうとは……苦い思い出の場所。敗戦の地に」

ロットが端整で中性的な顔立ちを歪めて、しかめっ面になる。

一年前、ロイカルダン平原でアイドラン王国とゼロス王国の戦争が行われた。

戦争を仕掛けてきたのはアイドラン王国から。王太子であるエイリック・アイドランのくだらない欲望と自己顕示欲から始まった。

アイドラン王国は暴君であった国王によって治められており、息子のエイリックは好色なクズだった。

エイリックは名声を高めるため……そして、ゼロス王国にいる一人の美女を手に入れるため、一方的に戦争を仕掛けてきたのだ。

ゼロス軍の指揮はエイリックと同じく、王太子という立場だったロットが執ることになった。

ロットはゼロス王国の次期国王であることが決定していたが、戦争による実績は持っていない。

そのため……ロットもまた次期国王としての地位を盤石にするべく、自ら出陣したのである。

(だが……その戦いで僕は敗北した。あの男……ヴァン・アーレングスのせいで……！)

両国の王太子が出陣したその戦いは、二つの国の未来を象徴する結果になってしまった。

即ち……ヴァン・アーレングスの一人勝ちである。

アイドラン軍の指揮官であるエイリックは戦を投げ出して逃走。人々の支持も護国の将軍も失うことになり、アイドラン王国は滅亡することになった。

ゼロス側はロットが敗北したことにより、王太子の地位が揺らぐことに。それまでほぼ勝ちが決まっていた後継争いが過熱することになり、刻一刻と国力が削れている。

(あの戦いで得をしたのはヴァン・アーレングスただ一人。だが、このまま勝ち逃げをさせるものか……!)

ロットが決意を込めて、拳を握りしめる。

あの戦いによって、ロットは多くの物を失った。

王太子の権威。

信頼していた部下。

そして……掌中の珠であった、何よりも大切な妹もロットの手を離れようとしている。

王太子の地位が危うくなり配下はかなり減ってしまったが……彼らを投入して、ヴァン・アーレングスの首を獲る。

アイドラン王国が滅亡してすぐに攻めなかったのは、アーレングス王国内部にいる貴族の調略に時間がかかったからだった。

ゼロス軍とアーレングス軍の戦いが始まったタイミングで貴族達が王都を攻め、落とす算段になっている。

(勝てる……この戦いは勝てる……! ヴァン・アーレングス……如何に貴殿が卓越した武人であったとしても、内乱が終結した直後というタイミングであれば僕が勝つ……!)

闘志を燃やしながら、ロットは軍勢を率いて平原を進軍していく。

ロットに付き従う兵士は一万ほど。一年前と比べて、半分以下になっていたが……貴族の調略は済んでいる。十分にアーレングス王国を落とせるはずだ。

　だが……勝利を確信しているロットのところに、先行させていた密偵から思わぬ報告が寄せられる。

「殿下！　この先にアイドラン……ではなく、アーレングス軍を発見いたしました！」

「そうか。それで……敵の数は？」

「それが……」

　密偵が困惑の表情を浮かべる。

　言葉を噛んでいる様子の密偵に、副官の中年男性が声を張り上げた。

「どうした！　さっさと殿下に報告をせぬか！」

「は、はい……」

　一喝されて、密偵は微妙な顔つきで口を開く。

「アーレングス軍の人数はたった百。全て、騎兵によって構成されています……」

「は……？」

　あり得ない報告にロットが目を白黒とさせる。

　しばし唖然としていたが……やがて、カッと頭が熱くなる。

「馬鹿な……そんなわけがないだろうが！」

　一国の軍勢が……ましてや、国王が直々に率いている兵士がたったの百騎なわけがない。

　ゼロス軍は一万なのだ。百分の一の兵士で何ができるというのだ。

「どこかに隠れているに決まっているだろうが！　さっさと伏兵を探し出せ！」

「い、いえ……我々もそう考えて、周辺を探してみたのですが……間違いなく、百の騎兵しかいませんでした……」

密偵が身体を縮こませながら、おずおずと言う。

彼らも自分が目にした事実が信じられないのだろう。

「一人や二人ならばまだしも、見通しのいい平原で伏兵を見逃すわけがありません……敵軍の先頭にはヴァン・アーレングスらしき人物の姿もありました」

軍とは巨大な生き物だ。

ここが山地や森であったのならば兵士を隠す場所があるだろう。

しかし、拓けた平原に大勢の兵士がいるのを見逃すわけがなかった。

「まさか……ヴァン・アーレングス、本当にたった百人で勝てると思っているのか……？」

魔法が存在するこの世界において、一騎当千の戦士は実在する。

ヴァン・アーレングスがその一人であることは、一年前の敗戦で嫌というほど思い知っていた。

(だけど……強力な兵士や魔法使いを有しているのは、こちらも同じこと。個人の力で戦争を覆せると思っているのなら、それは驕りというものだ……！)

舐められているのだろうかと、ロットはヴァンに対する怒りを深めた。

ともあれ……ヴァンがたった百騎で出てきたというのであれば、王都の守りは揺らいでいないだろう。内通者が挙兵したとしても、王都を落とすことは不可能である。

日和見のコウモリはロットと交わした密約など忘れて、知らぬ存ぜぬを貫くに違いない。

「内通者に王都を落とさせるのは失敗しそうだが……ヴァンが少数で出てきたというのならば、こちらにとっても都合が良い。お望みどおり、数によって叩き潰してやろう」

ロットは昂りを抑えつけながら、配下に命じた。

冷静さを失うようなことはしない。もう二度と、油断はしない。

（この戦いにおいて、僕に隙はない……かつてのように鼻先にぶら下げられたニンジンに気を取られて、本陣を落とされるような無様をさらすものか……！）

「ただし、あくまでも敵と戦うのは騎兵のみ。散開しつつ敵を包囲せよ！　歩兵は陣地を構築して、守りに徹せ！　先の戦いのように、隙を見て本陣を落とされるということはくれぐれもないように……！」

「「「「ハッ！」」」」

ロットの命令を受けて、ゼロス軍は動き出した。

一年前の戦いでは、ロットは自ら槍を振って前線に立っていた。

兵士の士気を高めるための判断。決して間違ってはいないと思っているが……それでも、同じ轍を踏むことはしない。

今度は敵の駆逐を部下に任せて、ロットは陣地に構えて守りに徹するつもりである。

（必ず、勝つ……貴様に勝利して僕は全てを取り戻すぞ……！）

「征け、ゼロスの勇敢なる戦士達よ！　敵軍を駆逐せよ！」

そして……戦争が始まった。

アーレングス王国建国より一ヵ月。敵は初めての戦争である。

開口一番、ゼロス軍の騎兵部隊が平原を駆け抜けた。

三千もの騎兵が駆け抜けたことにより、地鳴りのような音が鳴り響く。

「敵はたったの百だ！　抵抗する隙を与えずに叩き潰せ！」

「「「「オオオオオオオオオオオオオオッ！」」」」

部隊長の指示を受けて、騎兵隊が馬を駆る。

ランスを構えて、たった百人のアーレングス軍に襲いかかろうとした。

「走れ！」

しかし、アーレングス軍も黙ってはやられない。

彼らもまた馬を駆り、平原を走り抜ける。

「なっ……！」

そのあまりにも機敏な動きに、ゼロス軍は驚愕した。

まるで疾風が吹き抜けるようなスピード。その圧倒的な機動力はゼロス軍とは比べ物にならないものだった。

「今だ……撃て！」

正面から突っ込んできたゼロス軍の横をすり抜けて、あっさりと躱していく。

「「「「ウオオオオオオオオオオオオオオッ！」」」」

そして、ゼロス軍の横から弓矢を浴びせかける。

たった百人とはいえ……素早く強烈な弓にゼロス兵の一部が馬から転がり落ちた。

「クッ……追いかけろ！　反撃だ！」

ゼロス軍の騎兵が方向転換をして、アーレングス軍を追いかける。

しかし、その時にはアーレングス軍はその場にいない。

遠く離れた位置に移動しており、そこからまた弓矢を射かけてくる。

「ギャアアアアアアアアアアッ！」

「な、なんだよ！　アイツら……どうして、こんなに素早く動けるんだ!?」

アーレングス軍はゼロス軍を翻弄して、縦横無尽に平原を駆けまわっている。

まるで人と馬が一体になっているかのようだった。

ゼロス側も少数に分かれて追いかけようとするが、そうなったら各個撃破されるだけで、どんどん兵士が倒されていく。

「あり得ない……どうやったら、こんなスピードが出せるというのだ……！」

ゼロス軍の部隊長が歯噛みをした。

軍隊というのは数が多いほどに有利。それは自明の理である。

しかし、少なければ少ないほどに移動は容易になり、素早く行動することができるのだ。

「だが……それだけでは、あの速度は説明がつかない！　まさか、彼らは……魔術師なのか!?」

『魔術師』というのは実戦的に魔法を使用することができる人間を指す。

マッチのような火を着けられる『魔法使い』であれば山ほどいるが、戦場で戦いに役立てるほどの『魔術師』は一握りしかいない。

「よし……横を走り抜けろ！」

アーレングス軍はそうしているうちにも、ゼロス軍の後方に回り込んだ。ゼロス軍の無防備な背中を攻撃する。

部隊長の予想は当たっていた。

アーレングス軍の百人の騎兵……彼らは全員が魔術師によって構成されていたのだ。

馬に脚力と体力を上昇させる魔法をかけることにより、潜在能力を超えたスピードを引き出しているのである。

「そうか……だから、百人しかいないのか……！」

アーレングス軍は全員を魔術師にすることにより、あり得ないスピードを手にしている。

数千、数万の兵士を率いていては不可能な作戦だった。

「損耗がどんどん増えています！　隊長、どうか指示を！」

「落ち着け！　敵はあくまでも少数……被害は軽微だ！」

だが……種がわかってしまえば、対処は可能である。

どんなに強力な魔術師であっても、永続的に魔法を使用することは不可能なのだから。

「これだけの魔法を使い続けることなどできるものか！　一纏まりになって損傷を減らしつつ、

確実に追い詰めろ！」

ゼロス軍には被害が出ているが、全体の一パーセント程度の損傷である。

無視はできずとも、すぐに軍が瓦解するような被害ではない。

「焦るな、ゆっくりでいいから確実に追い詰めるんだ！　我が軍の勝利まであとわずかである！」

部隊長の叫びを肯定するかのように、徐々にではあるがアーレングス軍のスピードが鈍っていった。

戦闘が始まってから、まだ半時。

いまだ、決着は両者の手から遠い場所にあったのである。

▽　▽　▽

「よし……この戦、勝てるぞ！」

平原にある丘の上に陣地を築いたゼロス軍。

高い場所から戦場を見下ろして、総指揮官であるロット・ゼロスは近づく勝利に会心の拳を握りしめた。

戦いが始まった当初こそ、驚くべき速度のアーレングス軍の動きに翻弄されていた。

しかし、戦いが長引くにつれて徐々にゼロス軍もその動きに慣れている。

魔法によって上昇していた速度が、魔力切れによって徐々に落ちてきていた。

速度に魔力を費やしている分だけ、魔法で攻撃をする余裕もないようだ。

一歩ずつではあるが、ゼロス軍の手中に勝利が近づいてきている確信があった。

「周囲に敵軍の別動隊はいるか？」

「いいえ、いません！　どこにも！」

騎兵隊によって翻弄されている隙に別動隊が攻撃してくる可能性を考慮していた。前回のように、こちらの本陣が攻撃される可能性も。

だが……そんな様子はない。ロイカルダン平原にいるアーレングス軍は百騎の騎兵隊で全員のようであった。

「この戦いは我らが勝利か……！」

「ロット殿下、おめでとうございます！」

副官の中年男性が気の早い祝福の言葉をかけてくる。

ロットは顔が緩みそうになるが……慌てて、首を振った。

「いけない……油断をしてはダメだ。まだ勝っていないことを忘れるな」

前回もそうだった。

勝利を確信したタイミングで戦況をひっくり返されてしまった。

「ヴァン・アーレングスはこのような時にこそ、こちらの足を掬ってくるような男だ……まだ勝利していないことを忘れるな！」

「ハッ！」

勝って兜の緒を締めよ……という教訓がとある島国にあるが、勝利が決まった時にこそ気を引き締めるべきである。

ロット・ゼロスは油断していない。

圧倒的に有利に進んでいく情勢下でも十分に警戒しつつ、総指揮官として毅然としてその場に立っていた。

「うん、すごいね」

「へ……？」

ゆえに……これから起こる出来事は油断や過信によるものではない。

ロットに一切の落ち度はない。

悪い部分があったとすれば、運が悪かったか、あるいは……相手が悪かったと言うべきである。

「この状況でも少しも隙がない。ここまで入るのに苦労したよ」

「「「「ワアアアアアアアアアアアアアアアッ!?」」」」

その瞬間である。

ゼロス軍の本陣から驚愕の悲鳴が上がり、何人もの人間が宙を舞った。

「なっ……！」

ロットが愕然として両目を見開く。

人間が空を飛ぶ……それは不可能の比喩表現であったが、そんなあり得ない光景が眼前に広がっていた。

自軍の兵士が……本陣にいたゼロス軍の兵士が、士官が、その男によって次々と宙に投げられていったのである。

「来たぞ」

「お前は、まさか……！」

そして……ロットは気がついた。

兵士達を軽々と投げ飛ばしている男……黒髪の若い男性の正体に。

「ヴァン・アーレングス……！」

アーレングス王国が君主。『ロイカルダン平原の人喰い鬼』。

かつてロットを敗北させて、王太子の地位を揺るがした男がそこに立っている。

「どうして、貴様がここにいる……！」

ロットが叫ぶ。

ヴァンと会うのは初めてだったが、憎いその男の顔は密偵によって持ち込まれた姿絵で知っていた。

ヴァンはアーレングス軍の兵士が着ている鎧ではなく、ゼロス軍の鎧を身に着けている。

「まさか……！」

聡明なロットはすぐに気がついた。

ヴァンはゼロス軍の鎧を入手して、それに着替えて本陣に近づいたのだ。

本陣の周囲は兵士で固めており、敵軍の奇襲に十分に備えていた。

後方だろうが側方だろうが、敵が襲ってきたらわかるはずだった。

（だが……それはあくまでも敵軍に対する備え！　たった一人きりであれば、侵入することも不可能ではないか……！）

もしも所属不明のゼロス兵が百人ほど現れたら、見張りの兵士も怪訝に思うだろう。

しかし、一人だったら他の兵士に紛れ込み、潜り込むのは難しくはなかった。

（だが……可能であったとしても、それをやるのか!?　一国の王が、たった一人で敵地に潜入するというのか……！）

「敵襲だ！」

「殿下を御守りせよ！」

突如として現れたヴァンに対して、ゼロス兵が慌てて壁になろうとする。

「えいっ」

「うわあああああああああああっ!?」

しかし……彼らはヴァンによって掴まれて、陣地の外まで投げ飛ばされることになった。

ヴァンは剣の一本も身に着けてはいない。丸腰で乗り込んできたこともまた、見張りの兵士が警戒しなかった一因なのだろう。

「クッ……この……！」

「遅い」

ロットが慌てて剣を抜こうとするが……ヴァンが一瞬で間合いの内側に踏み込んでくる。

そして、ロットを後ろから羽交い締めにして拘束した。

「グア……！」

「殿下っ！」

「一分あげるから降伏してくれ。向こうで走り回っている騎兵も止めるように」

ヴァンが端的に指示を飛ばす。

無駄なことは少しも口にせず、必要なことだけを告げる。

「逆らうのなら、彼は死ぬ。急いでくれ」

「ッ……！」

ゼロス兵の背筋にゾッと悪寒が走る。

脅しではない。ロットの死を告げたヴァンの瞳には、「必ずやる」という明確な意志が浮かんでいた。

「……降伏だ。騎兵にも投降させろ」

駆け引きなど通用しない。

早々に悟ったゼロス軍の副官が悔しそうに部下に指示を出す。

ロイカルダン平原にて、ゼロス軍は二度目となる敗北を受け入れたのであった。

第六章　ゼロス王国をメッてやるよ

アーレングス王国とゼロス王国。

両国の間で戦争が始まってから一時間、あっさりとその決着はついた。

短い激戦を制したのはアーレングス軍である。

百人ほどしか兵士がいないにもかかわらず、ほとんど損害を出すことなく勝利してみせた。

一方、一万の兵士を引き連れていたゼロス軍は一年ぶりの辛酸を舐めることになり、あっさりと撤退していった。

捕虜にしたいところではあったが、たった百人の兵士では一万の兵士を拘束しきれない。

食料が無駄になるだろうと判断して、総指揮官であるロット・ゼロスと側近以外の一般兵には帰国を命じたのである。


「いやー、死ぬかと思ったぜ。正直によ」

「……無事だったか」

ゼロス軍の総指揮官であるロット・ゼロスを捕縛して、ヴァンは陽動していた騎兵部隊と合流した。

騎兵部隊を率いていたヴァンの部下……ユーステス・ベルンはウンザリとした様子で現れる。

ユーステスはヴァンの鎧兜を身に着けていた。囮になって、敵の目を引きつけるためである。

「大将、アンタとは長い付き合いだけど……今回ばかりは最強最悪のピンチだったぜ。無茶もほどほどにしてくれよ」

「……俺じゃない」

ユーステスの苦言に、ヴァンが小さく反論した。

ヴァンとユーステスは気心の知れた仲であったが……傍には他の兵士がいて、拘束されたロットも渋面で連れてこられている。

そのため、緊張か人見知りでかヴァンの表情と口調は硬かった。

「知ってますよ……アンタは強いけど策略家じゃない。考えたのはお嬢でしょう？」

ユーステスが『お嬢』と呼んでいるのは、ヴァンの妹にして妃であるモア・アーレングスである。

今回の作戦……魔術師によって構成された騎兵を囮にして、ヴァンがたった一人で本陣に踏み入るという戦略を考えたのはモアだった。

ゼロス王国より宣戦布告を受けた当初、ヴァンは一人で敵陣に忍び込んでロットを捕らえるつもりだった。

しかし……さすがにそれは危険だろうと、モアがこの作戦を立案したのだ。

「まったく……モアのお嬢も大したもんだが、ウチの大将も大概だよな。まさか、本当にたった一人で敵将を捕らえちまうなんてな」

「…………」

縛られているロットを見下ろして、ユーステスが溜息を吐いた。

「正直……アンタだったら俺達の陽動がなくても、一人でやってのけたんじゃねえかって思っちまうよ」

「大袈裟だ……モアにもユーステスにも感謝している」

ヴァンがつぶやく。その言葉は本心だった。

ヴァンは一人でもどうにかできるつもりだったが……モアの作戦のおかげで楽にロットを捕縛できた。さすがは妹ちゃんだと心の中で感じ入っている。

「それじゃあ、コイツらを連れて帰りますか……まさか、本当に百人ぽっちで万の軍勢を追い払えるとは思わなかった。もしかして、この王太子ってばあの馬鹿王子と同レベルだったりするのかな？」

「…………！」

ユーステスが揶揄うように言うと、すぐ近くに縛られて膝をついているロットが憎々しげに睨みつけてくる。視線で殺そうとしているような強い眼差しだった。

「いや……彼は悪くなかった」

だが……意外なところから弁護の声が上がる。

ヴァンがロットのことを擁護したのである。

「彼は兵士からも慕われており、本陣の周囲もしっかりと固められていた。騎兵隊が注意を引いていなければ忍び込めなかった」

「……ヴァン・アーレングス」

ロットが意外そうにヴァンのことを見上げる。

ヴァンは視線を返すことなく、言葉を続けた。

「一年前の戦いでも、見事に騎兵を率いてブラック将軍を追い詰めていた。あの方は良き将だった。いかにエイリック・アイドランが逃げるという愚行を犯したとはいえ、彼を圧倒した手腕は見事である」

「う、ぐっ……」

ロットがなんとも言えない表情になった。

憎むべき敵である人間から認められているという状況に、どんな反応をしていいか戸惑っているようである。

しばし黙り込んでいたロットであったが……やがて、ポツリと口を開く。

「……僕のことをどうするつもりだ？」

「捕虜として連れて帰る。大人しくするのであれば、殺しはしない」

「…………」

「『生き恥をさらしたくない』、『さっさと殺せ』……とか言わないのな？」

ユーステスが口を挟んでくる。

その言葉にロットが再び、苦々しい顔になった。

「……僕は死ねない」

「あ？」

「守るべきものがある。どんなに生き恥をさらそうとも、あの子を残して死ぬわけにはいかない……！」

「……ユーステス、口を慎め」

どうやら、複雑な事情があるようだった。

ヴァンがユーステスを窘めると、肩をすくめてそっぽを向いた。

「それでは……帰還する。ロット王太子、貴殿をどうするかはゼロス王国と交渉の場を持って決めることとする……それで問題ないだろう？」

「……構わない」

諦めた様子で脱力したロットを連れて、ヴァンは王都へと帰還していった。

▽　▽　▽

「ウワアアアアアアアアアアアッ！」

「逃げろ、撤退だあああああああっ！」

ヴァンがゼロス軍に大勝利を飾った一方で、アーレングス王国の王都でも一つの事件が生じていた。

ヴァンが少数とはいえ軍を率いて戦場に向かったタイミングで、とある貴族が王都に攻め込もうとしたのだ。

国王の留守を突いたのはオルドバ・デニリー伯爵。

王都の南側に領地を持っている貴族であり、かつては財務大臣まで務めていた有力者だった。

王宮の金を管理していたデニリー伯爵であったが、在任中にかなりの金額を横領している。

ヴァンが王宮を乗っ取ってからその罪が明らかになり、役職を解任されていた。

処刑こそ免れたものの、財産の大部分を没収されており……現在では領地で冷や飯を食うような生活をしている。

「アアアアアアアアアッ！　何故だ、どうして私がこんな目にいいいいいいいいいっ!?」

そんなデニリー伯爵であったが……現在、馬に跨って泣きながら逃げていた。

背後から追いかけてくるのは数人の騎士。

ちょっとでも速度を緩めれば、すぐに捕らえられてしまうだろう。

「きょ、挙兵なんてするんじゃなかった！　復讐なんて企むんじゃなかったアアアアアアアアアアアアッ！」

財務大臣の任を解かれ、財産を没収されて……デニリー伯爵は恨み憎しみを募らせていた。

そんな折、彼の下にとある書状が届いた。

それはゼロス王国の王太子からで、近いうちにアーレングス王国に攻め込むので、内応して王都を攻めてほしいというものである。

デニリー伯爵は歓喜した。

ヴァン・アーレングスなどという平民出身の若造を王としなくてはいけない日々に辟易しており、抜け出すチャンスを窺っていたのだ。

ようやく、その機会が巡ってきたと思って、すぐさま了承の返事を出した。

事前に聞いていたとおり……ヴァンは大軍を率いて、王都を出ていった。ゼロス王国からの情報は間違っていなかったようだ。

デニリー伯爵は王の居ぬ間に、王都を陥落させるべく兵を出した。

国王を僭称《せんしょう》する簒奪者から国を奪い返して、再び権勢を取り戻してやる……そう意気揚々と出ていったデニリー伯爵であったが、王都に到着したタイミングで戻ってきたアーレングス軍と鉢合わせになってしまったのだ。

そして、現在に至る。

五千のアーレングス軍は蟻の大群を水で押し流すように、デニリー伯爵の手勢を壊滅させた。

そして……逃げ出したデニリー伯爵も騎士から追いかけられることになったのである。

「こ、こんなはずじゃ……なんでだあああああああっ！」

デニリー伯爵は知らない。

これはヴァンの……そして、背後にいるモアが考案した策略であることを。

ゼロス王国からの宣戦布告を受けて、ヴァンはたった一人で敵陣に乗り込んで敵の王太子を捕縛することを提案した。

しかし……いくらヴァンでも危険を伴うかもしれないと、モアが魔術師によって構成された騎兵百人を囮にすることを提案した。

そこまでがロイカルダン平原で行われた策略であるが……モアの奇策には続きがある。

一度、ヴァンが王都から五千の兵士を率いて外に出るという、反乱分子のあぶり出しを考えついたのだ。

ヴァンが大軍を連れて外に出れば、反乱分子がすぐに王都を狙うだろう。

そして……程良いタイミングでヴァンと百の騎兵を除いた大多数の兵士が王都に戻り、やってきた反逆者を討ち取るというものである。

それにまんまと引っかかってしまったのがデニリー伯爵なのだった。

「喰らいなさい！」

デニリー伯爵の後方、追いかけていた騎兵が槍を投げる。

鋭く、天に向かって飛んでいった手槍であったが……それは放物線を描いて、デニリー伯爵の馬の尻に突き刺さった。

「ぎゃいんっ！」

デニリー伯爵が馬から転げ落ちる。

無様な悲鳴を上げた中年男性を騎兵が取り囲んだ。

「そこまでです……元・財務卿オルドバ・デニリー！」

「あ、貴女は……！」

デニリー伯爵は自分を追いかけてきていた騎兵を見上げて、震える声を漏らす。

「リューシャ・ウルベルス辺境伯令嬢……！」

追手の騎士は女性だった。

しかも、ヴァンの妻の一人であるリューシャ・ウルベルスだったのである。

「今はリューシャ・アーレングスですよ。辺境伯令嬢でもありません」

リューシャがデニリー伯爵を見下ろして、冷たい口調で告げる。

デニリー伯爵はカチカチと恐怖に震えて歯を鳴らしながら……それでも、必死になって弁明しようとした。

「ち、違うのです……これは……誤解なのです！」

「…………」

「私は騙されていたのです……そう、ゼロスの王子に騙されて……」

「騙されて、王都に攻め込もうとしたのですか？」

「そ、それは……」

「貴方はヴァン陛下が即位した際、忠誠を誓うので助けてほしいと命乞いをしたはずです。忠義の誓いに背いて、どういうつもりですか？」

「し、仕方がないではないか！　生き残るため……死んでしまってはなんにもならないだろう！」

デニリー伯爵は必死な様子で叫んだ。

「責められるのは私ではない……アイドラン王国を滅亡させたあの男ではないか！　どうして、私が反逆者扱いされるのだ!?」

「どうして……ですって？」

「そうだ！　貴女だってわかっているはずだ……反逆者はヴァン・アーレングスだ！　奴を殺すために兵を挙げて何が悪いというのだ！　私がしたことは決して………ゲフッ」

「五月蠅いです」

リューシャが別の騎士から槍を受け取り、馬上からそれを振り下ろす。

鋭く繰り出された槍がデニリー伯爵の胸を貫いて、一瞬で絶命させる。

「ヴァン陛下が気に入らないのであれば、正面からそう言えばいい。留守を狙うなどという卑劣なことをせずに挑めばいい。それができなかった貴殿は卑怯者の反逆者でしかありません。汚い言葉を口から出さないでください。耳から反吐がこぼれます」

「第二妃様……はしたのうございます」

中年の騎士が窘める。

その騎士は王宮の近衛騎士であったが、元々はウルベルス辺境伯家に仕えていた人間であり、リューシャの嫁入りについてきたのだ。

「殺してもよろしかったのですか？　尋問は？」

「必要ありません……こんな小物が重要な情報を知らされているわけがありませんから」

リューシャが断言する。

槍を抜いて、軽く振って血を払う。

「算段どおりであれば、ヴァン陛下がゼロスの王太子を捕虜としてくるはずです。他に反逆者がいるとして、すぐに名前が割れるでしょう」

「それもそうですね……」

「それでは、帰還します」

リューシャはデニリー伯爵の死体をそのままに、その場を立ち去っていった。

かつて財務大臣にまで上り詰めた男の死体は兵士達に回収されるまでに追い剥ぎにあって、服も金品も奪われて残った死体もカラスに突かれることになったのである。

▽　▽　▽

ヴァンと副官のユーステスはゼロス王国の軍勢を撃破して、王太子であるロットの身柄を拘束した。

ヴァン達が帰還すると……王城の中でも、戦後処理をしている最中だった。

何人かの文官が忙しなく走り回っており、その中心には見慣れた人物がいる。

「ただいま」

「も、戻ったのね……ヴァン」

声をかけると、忙しく働いていた様子の女性……メディナが振り返って顔を引きつらせた。

メディナはすでにヴァンの妻となっており、何度となく身体を重ねているが……いまだに突発的に顔を合わせた時には微妙な反応になってしまう。

親兄弟を殺した男を前にしているのだから、無理もないことだが。

「何をしている？」

「反逆者の後処理よ。デニリー伯爵が王都を攻めてきた。捕縛してきた彼らの一族の処遇、没収してきた財産の処理など」

「ああ……やっぱり、動いたのか」

ヴァンが溜息交じりに言う。

ゼロス王国が攻め込んできたタイミングで、内応した国内の反乱分子が動くだろうと妹から聞いていた。

むしろ、攻め込んできたのがデニリー伯爵だけなのが意外なくらいだ。

「そうか……こちらも失敗したのか……」

ロットが無念そうな表情になった。

やはり、反乱をそそのかしたのはロットのようである。

「ん……そちらはまさか……？」

「ロット・ゼロス殿下だ」

「…………！」

メディナが目を見開いた。

ヴァンがゼロス軍を迎撃に行ったのは知っているが、勝利して帰っただけではなく王太子まで捕虜にしてきたのは予想外だったのだろう。

「……さすがとしか言えないな。やはり、貴方を敵にしてしまったのがアイドラン王国の運の尽きだったのね」

「ロット殿下を適当な部屋に閉じこめておいてくれ。他の捕虜は地下牢でいい」

「承知したわ。一応、ロット殿下には客人としての待遇を与えましょう」

王族の応対の仕方など、ヴァンは知らない。

ここはメディナに任せておいたほうが良いだろう。

「部屋の中では自由にしてもらって構わないけれど、監視は置かせてもらうわ。問題ないかしら？」

「……構わない」

メディナの言葉にロットが短く答えた。

ヴァンならば、敵の王城に幽閉された状態でも脱出は容易だが……ロットには不可能だろう。

「モアは？」

「執務室にいるわ。ちなみに……リューシャは騎士団を引き連れて残党狩りをしているところ」

「そうか……ありがとう」

ヴァンはメディナを労ってから、ロットを預けて執務室へと向かった。

「モア、入るぞ」

「ああ、お兄様。お帰りなさいませ！」

モアが入室すると……執務室の机で仕事をしていたモアが立ち上がった。

この執務室の主はヴァンなのだが、事実上、モアがあらゆる政務を行っている。

ヴァンがやることなど、モアの決定を追認して書類にサインをするくらいだった。

「モア……」

「はい、お兄様」

ともあれ……モアと二人きりになったヴァンはいつものように飛びついた。

「妹ちゃあああああああん！　またいっぱい、人を殺しちゃったよおおおおおおっ！」

「アンッ！」

モアに抱き着くと……甘い声が上がった。

「しかも、今度は相手の王太子殿下を捕虜にしちゃったよ……どうしよう、これが切っ掛けで隣の国との関係が悪くなっちゃったら……」

「はいはい、それは大変でしたね。怖かったですねー」

そもそも……戦争を仕掛けてきたのはあちらである。

関係が悪くなるだなんて、今さらな話であった。

「大丈夫、大丈夫ですよ。お兄様」

モアは慈悲深い表情を浮かべて、兄の頭を胸に抱いた。

「大丈夫……私に任せておけば全て安心ですからね。任せてもらって大丈夫ですよ」

「妹ちゃん……」

「私の言うとおりにすれば、全部全部、うまくいきますからね……モアに任せてくださいね？」

愛しい兄の頭を撫でながら、モアは至福の笑顔で断言した。

▽　▽　▽

「ンッ……あっ！　そ、そうですか……つまり、予定どおりに単独で陣地に侵入して、大勝利できたのですね。さすがはお兄様……やんっ！」

ヴァンはモアに戦いの経緯について、詳細を説明していた。

すでに人を送って簡単な事情説明は行っていたが……ヴァンは基本的に単独行動を取っていたため、本人に確認しなくてはわからない部分もあった。

「ハア、ハア、ハア……あふあっ……」

だからこそ、モアはヴァンから詳しい内容について聞き取りをしていたのだが……話の合間に悩ましい息遣いが混じっていた。

それというのも……ヴァンが戦場での出来事を報告しながら、モアの身体をまさぐって弄んでいたせいだ。

「お、お兄様……そんなに胸を強くされたら、字が歪んでしまいますよお……」

執務室の椅子にヴァンが座り、その膝の上にモアが座っている。モアの前にはデスクがあって、モアは必死な様子で聞き取った内容を紙に書き写している。

そんな中で、ヴァンは後ろからモアのことを抱きしめ、身動きを封じながら胸をグニグニと責めていた。

モアは仕事中、ワイシャツにタイトスカートに上着を羽織ったビジネスウーマンのような格好をしている。ヴァンは上着を脱がせ、ワイシャツのボタンを外してははだけさせて、不躾に下着の中にまで手を突っ込んでいた。

「ごめんね、妹ちゃん……遠征中、女の子を抱くことができなかったから……つい」

ヴァンが申し訳なさそうに眉をハの字にする。

口先では謝罪をしているが……その両手は少しも遠慮することなくタプタプと乳肉を揺らし、先端の突起を指で摘まんだりしていた。

「くうっ……ああっ！　それ、それダメです……お兄様……！」

欲求不満の兄に悪戯をされながら、モアがバタバタと足を振る。

襲いくる快楽から逃れようとするが……ヴァンはガッチリとモアの身体をホールドして、離さない。

獲物の可愛らしい抵抗を楽しむように、ベロリとうなじに舌を這わす。

「くうんっ……！」

「妹ちゃん、ごめんね……妹ちゃん、ごめんね……」

ヴァンは謝罪の言葉を繰り返しながら、今度はスカートの中へと手を進ませる。

タイトスカートをグイッと捲り上げて、しっとりと汗で湿った太ももを撫でた。

そのまま足の付け根まで掌を進めていき……指先で大事な部分を刺激する。

「ハアンッ！」

「妹ちゃん、お仕事を邪魔してごめんね。いつも迷惑をかけてごめんね……エッチなことを我慢できなくてごめんね……愛しているよ、妹ちゃん……」

「お、お兄様あ……」

謝りながら責めてくるヴァンはどこか狂気じみている。

しかし、そんな兄の手をモアは愛おしそうに撫でた。

「お兄様……そんなに私を求めてくださるのですね……嬉しいです……！」

邪悪な兄に、モアは思いが溢れ出してくる。

それはダメな男に嵌まってしまう女性のような状態であったが……モアは構うことなく、ヴァンの暴威に身をさらす。

胸を揉まれ、脚を撫でられ、首筋を舐められながら……それでも、モアは右手を動かしてペンを走らせる。

「そ、それでどうなったんですか……続きを……アアンッ！」

「うん、ごめんね……それからさ、ゼロスの王子様が……」

椅子の上、まるで一つの生き物のように絡み合っているヴァンとモア。

昼間っから退廃的な光景であったが……少なくとも、二人はどちらも幸福そうな表情をしているのであった。

▽　▽　▽

ヴァンはごくわずかな手勢だけを率いてロイカルダン平原に赴き、ゼロス軍を撃破した。

一日とかからずに、味方の戦死者が十人未満という少なすぎる被害によって、侵略者を退けてみせたのだ。

そんなヴァンを国民はこぞって称賛した。偉大で強き王であると評判は高まるばかり。

国民は自分達が歴史的な名君の下にいるのだと胸を張り、多くの人間が誇らしそうな笑顔になっていた。


「うう……まさか、こんなことに……！」

「おのれ……僭王め……！」

そんな一方で、苦悶の表情を浮かべている人間もいた。

王城の謁見の間に引きずり出されたのは複数人の貴族達。

彼らは自分達の屋敷にいたところを突如としてやってきた騎士に拘束され、城まで引きずってこられたのである。

拘束されて床に転がった貴族を騎士が厳しい目で見下ろしていた。

貴族達は自分達の身に何が起こるのか……戦々恐々で怯えている。

「ヴァン国王陛下の御成りである！」

「………………！」

騎士が声を張り上げて、謁見の間の扉が開かれる。

床に転がされた貴族達の横をとおり、ヴァンが玉座に座った。

「集まったな」

「ヴぁ、ヴァン陛下！」

「国王陛下！　これはどういうことですか!?」

玉座に腰を落ち着けたヴァンに貴族達が叫ぶ。

拘束された状態で、芋虫のように這いながら王の足元ににじり寄る。

「動くな、無礼者！」

「グアッ……！」

しかし、そんな貴族達は騎士が槍の柄で殴りつける。貴族達の口から悲鳴が上がった。

「こ、こんなことをしてタダで済むと思っているんですか!?　いったい、私達が何をしたというのです!?」

貴族が叫ぶ。

いくら国王とはいえ、罪のない人間を拘束するなど許されるはずがない。

「さて……貴方がたには反逆の容疑がかかっています」

ヴァンに代わって宣言したのは、文官の責任者であるロイド・ジースという青年だった。

「は、反逆……？」

「そんな！　何かの間違いです！」

「我々が反逆だなんて……まさか、デニリー伯爵じゃあるまいし……」

元・財務大臣であるオルドバ・デニリーが反乱を起こして王都を攻めようとしたことは、すでに王国中に知れ渡っている。

自分達はデニリーとは違う……そう主張する貴族達であったが、ロイドが冷たく彼らを見下ろした。

「残念ながら……その言い訳は通用しません。貴方達が反乱を企んでいたという確固たる証言が上がっています」

「へ……？」

「どうぞ、お入りください」

新たに謁見の間に一人の人物が入ってきた。

赤髪で端整な顔立ちをした中性的な容姿の人物。

先日、アーレングス王国に宣戦布告してきたゼロス王国の王子……ロット・ゼロスである。

「ロット殿下、証言をお願いしてよろしいですか？」

「ああ……ここに転がっているガウン子爵、ホマーン男爵、ウェリー男爵、そしてガエイル伯爵はいずれも僕が出した書状を受け取っており、王の留守を突くことに同意している。何故か、指示したとおりに挙兵しなかったようだが」

「なっ……！」

貴族達が青ざめる。

動揺に目を泳がせて、慌てた様子で言い募る。

「そんな……ま、間違いに決まっています。そちらの王子が出まかせを言っているのです……」

「そ、そのとおりだ！　国王陛下、騙されてはいけませんぞ！」

「これは我が国の内部を混乱させようとする企てである！　卑劣なり、ゼロス王国め！」

芝居がかった言い訳をする貴族達であったが……部屋の空気は冷たい。

いつまで経っても言い訳を止めない貴族達に、ヴァンがようやく口を開く。

「黙れ」

「「「「…………！」」」」

口から発された言葉は短かったが……けれど、重い。

先ほどまで元気良く囀《さえず》っていた貴族達が、そろって黙り込んだ。

静かになった貴族達を見て、ロイドが言葉を続ける。

「残念ながら、その主張は受け入れられません。貴方達を捕縛した後で屋敷を調べさせてもらいましたが……ロット殿下の署名が入った密書が見つかっています。もちろん、ロット殿下も貴方達が送り返した書状を提出してくれました」

「それ……は……！」

「う、ぐ……」

貴族達は黙り込む。

この時点で詰みは確定しているが……一人がみっともなく、まだ言い逃れをしようとする。

「そ、それは……ゼロスから受け取っただけです。実際に反逆を起こすつもりなどありませんでした……ロット殿下が持っていたという書状は作り物かと……」

「それでは……どうしてゼロスから寝返りを求められた時点で、そのことを王宮に報告しなかったのですか？」

「う……それは……」

「天秤にかけたのでしょう？　ロイカルダン平原でヴァン陛下が勝利したのであれば引き続き、アーレングス王国に仕え続ける。陛下が敗れたのであれば、ゼロス王国に寝返る……風見鶏が蝙蝠《こうもり》の姿をしているように悪趣味ですね」

「…………」

完全に心中を見抜かれたのだろう。貴族達はいよいよ、言葉を失ってしまった。

ようやく静かになった彼らを見下ろして、ロイドも満足そうに頷く。

「貴方達は反逆を了承しましたが、実際には兵を動かしていません。ですから……デニリー伯爵のように取り潰しまではしません。しかし、制裁金は払ってもらいますし、当主もこちらが指定する人間に交代してもらいます」

「そんな……！」

「別に処刑でも良いのですよ？　反乱の罪は本来であれば、一族全体に及ぶものです。妻子と一緒に処刑台に上りますか？」

「「「…………」」」

『処刑』の一言に貴族達は諦めた様子で黙り込み、項垂れた。

「それでは、陛下。そのような沙汰で問題ありませんね？」

「よきにはからえ」

「承知いたしました。それでは、こちらで処理させていただきます」

ロイドが深々と頭を下げる。


今回の反乱によって、ヴァンに敵意を持っていた貴族達が大勢処分されることになった。

雨降って地固まる。

これまで尻尾を見せなかった反乱分子を排除したことにより、ヴァンの政権はより確固たるものとなったのであった。

▽　▽　▽

「……久しぶりですな。ロット王太子殿下」

「……ああ、久しぶりだ。ヴァン国王陛下」

戦勝国の王であるヴァン・アーレングスと戦敗国の王子であるロット・ゼロス。

二人が再び相まみえたのは、ロイカルダン平原の戦いから一週間後のことである。

場所は王宮にある一室。ロットが寝泊まりしている部屋だった。

ロットは捕虜とはいえ一国の王子である。牢屋などに入れられることなく、見張り付きであるが客室に宿泊していた。

「ご気分は如何ですか？　何か不自由はされていませんか？」

「……嫌味で言っているのか？　意外と粘着質な性格なんだな」

ヴァンの言葉に、椅子から立ち上がることなくロットが皮肉そうに表情を歪めた。

中性的な美貌。燃えるような美しい赤髪。

椅子に座り、ヴァンを睨んでいるロットであったが……今日の彼女は以前とは異なる服装をしている。

ロットは朱色のドレスを身にまとっており、靴もヒール付きの物だったのだ。

ヴァンも城に連れ帰ってから知ったことだが……ロットの本名は『シャーロット・ゼロス』。

ゼロス王国の第一王子であり、王女でもあった。

長子相続を原則としているゼロス王国では、男女にかかわらず最初に生まれた子供が王位を継ぐことになっている。

王位継承権を持っている者は女性であっても『王子』を名乗り、継承権を放棄しない限り『王女』とは呼ばれない。

ロットもまたその例にもれず、女性でありながら王太子に選ばれていたのである。

「ご気分が良いわけがないだろう。僕が君に捕まって軟禁されてから、何日が経ったと思っているんだ？　いつになったら……僕は国に帰れるのかな？」

ロットは冷静さを装いながらも、どこか苛立たしげな口調である。

いまだにロットを解放するという話は出ておらず、籠の中の鳥となっていた。

「ゼロス王国とは交渉しているのだろう……僕の身柄の引き渡しについて。いったい、君達はゼロス王国に何を要求しているのかな？」

ロットがヴァンに烈火のような視線を向けながら、噛みつくように訊ねる。

問答無用で処刑されることなく生かされているということは、ロットの身柄と引き換えにゼロス王国になんらかの要求をしているのだろう。

憎い相手に生かされているという事実に、ロットは激しい屈辱を覚えているようだ。

「賠償金か？　それとも領土の割譲か？　王位簒奪をした僭王が何を求めているのか、とても興味がある。是非とも教えてくれないかい？」

「残念ながら、ゼロス王国との交渉は打ち切られましたよ。シャーロット殿下」

「君は……？」

ロットが眉をひそめた。

ヴァンの後ろから黒髪の女性……ヴァンの妹であり妃であり、参謀でもあるモアが進み出てきたのである。

「改めまして……ヴァン陛下の第三妃であるモアと申します」

「モア妃か。交渉が打ち切られたとはどういう意味かな？」

「シャーロット殿下、貴女はすでにゼロス王国から見放されているということですよ」

「…………！」

ロットが大きく目を見開いて、驚きの表情になる。

「なんだって……それはいったい、どういうことだ！」

「順を追って、お話しいたします。先日、我が国に攻め込んできたゼロス軍は撃破されました。ここにいるお兄様によって」

「言われずともわかっている。そのせいで、僕は捕虜になったんだからな！」

「そして、一部の指揮官を除いたゼロス軍は本国に帰還したわけですが……彼らは国境で殲滅されました。待ち構えていた自国の軍勢によって」

「馬鹿な……！」

ロットが勢い良く立ち上がり、椅子が後ろに倒れて大きな音を鳴らした。

「僕の部下達が殲滅されただと!?　しかも、同胞であるゼロスの軍勢に!?　そんなふざけた話があってたまるか！」

「こちらも調査をしましたが……シャーロット殿下の兵士を殲滅したのは、第二王子であらせられるジークオッド殿下の軍勢です。どうやら、外征を終えて戻ってきた貴女を討つために待ち構えていたようですね」

「ッ……！」

ロットが息を呑んだ。

同士討ちを行ったのはロットの弟……第二王子であるジークオッド・ゼロスだった。

ジークオッドはロットに次いで王位継承権第二位の人物。

ロットがいなくなれば一気に玉座に近くなるため、動機は十分である。

「僕の配下だからといって、自国の兵士、自国の民だぞ!?　仮にも王子を名乗る者が、そんな悪逆非道なことをするわけが……！」

「ないと……そう思いますか？　心の底から断言できますか？」

「クッ……！」

モアの追及に、ロットが美麗な顔をこれでもかと歪めた。

美しい人間は怒るとますます迫力が増すもので、モアの後ろでヴァンがひっそりと膝を震わせていたりする。

「できませんよね……ゼロス王国内で一年前から、政争が起こっていることは存じております。王太子であらせられる貴女の地位も、かなり危ぶまれていたそうですね？」

一方で、モアは貼りつけたような笑みを崩さない。

あどけなさの残る顔は表情が読めず、ロットが苛立ちをあらわにした。

「知っていたのか……我が国の内部状況を……！」

「逆に、どうして知らぬと思ったのですか？　戦に負けた王族が支持を失うなど予想できることではありませんか」

モアがなんでもないことのように言う。

モアは歴史に詳しい。この世界の歴史にも、それ以外の世界の歴史にも。

歴史を学ぶということは未来を予知するにも等しいこと。

過去を学び、いくつもの事例を参考にすることで、将来的に起こりうる事象を予想することができるのだ。

「一年前、ロイカルダン平原での戦いでシャーロット殿下はアイドラン王国に敗北いたしました。これにより、長子継承で次期国王となるはずの殿下は支持を落として、他の王子達が動き出している……今回、殿下が我が国に攻め込んできたのは名誉回復のためだったのでしょう？」

「どの口で言うのだ！　貴女の兄のせいではないか……！」

「一年前の戦争を引き起こしたのは、アイドラン王国の王太子です。お兄様は将兵として必要なことをしたのみ。それを責めるのは筋が違うのではありませんか？」

戦場で勇敢に戦った兵士をどうして責められるだろう。

あくまでも責任を取るべきなのは総指揮官であったアイドランの王太子であり、そして……その男はすでに処刑台に上っている。

ヴァンに取るべき責任などない。モアはその道理を強く主張した。

「それを踏まえてお聞きいたしますが……これから、如何いたしましょうか？」

そして、その上で笑顔になってロットに接する。

まるで庭園に咲いた花の話でもするかのように、明るい口調で問いかけた。

「このままでは、貴女は全てを失ってしまいます。二度と祖国に戻ることができず、裏切り者の弟に報復もできずに泣き寝入りです。ゼロスの王宮にいらっしゃる妹君の命運も尽きる……違いますか？」

「ッ……！」

ロットがパクパクと口を開閉させる。

いったい、どこまで知っているというのだろう。

自らのアキレス腱である部分まで、この黒髪の少女は把握しているというのか。

「さあ、交渉をいたしましょう……お互いの未来のためになる交渉を」

それはとても可愛らしい微笑みであったが……ロットの目には、人間に邪悪な取引を持ちかける悪魔のように見えたのだった。

▽　　　▽　　　▽

大陸中央から北方に跨る国……ゼロス王国。

その国は現在、政争の真っただ中であり、いつ内乱が勃発してもおかしくない有り様となっていた。

混乱の始まりは一年前。王太子として盤石の地位を築いていたはずの第一王子ロット・ゼロスが失脚した。

きっかけとなった事件は、隣国であるアイドラン王国からの宣戦布告である。

アイドラン王国は長年の敵対国。幾度となく戦いながら、民間では交易も行われているという複雑な関係の隣人だ。

アイドラン王国の王太子であるエイリック・アイドランが自らの名声を高めるため、そして……別の下卑たる目的によって戦争を仕掛けてきた。

アイドラン王国の侵略に立ち向かったロット・ゼロスであったが……ヴァン・アーレングスの活躍によって敗北。

エイリックが無様に逃げたことで国内に敵を踏みこませることこそなかったものの、ロットの地位は大きく転落した。

これにより……これまで表立って動くことのなかった第二王子、第三王子らが玉座を目指して暗躍するようになった。

ロットは名誉挽回のために、アーレングス王国に兵を向けるが……そこでさらなる敗戦。

おまけに、帰還してきた軍勢は待ち構えていた第二王子によって殲滅された。

血で血を洗う権力争いは、第一王子を失ってなお、苛烈さを増す一方であった。

▽　▽　▽

「シャーロットお姉様……この国はいったい、どうなってしまうのでしょう」

ゼロス王国王都。

王宮内部にある聖堂にて、一人の少女が物憂げに溜息を吐いた。

朱色の髪を背中に流して、若緑色のドレスに身を包んでいるのはエルダーナ・ゼロス。

現・国王の五番目の子供であり、『王女』の一人である。

ゼロス王国では長子継承が重んじられており、男女という性別にかかわらず王位継承権を持っている人間には『王子』という呼称が用いられる。

エルダーナが『王女』と名乗っているのは、すでに王位継承権を放棄しているという証拠だった。

「お姉様……どうか、御無事でいて……」

エルダーナは頬を涙に濡らして聖堂の床に跪き、姉の無事を祈っている。

ロットとエルダーナは殺伐とした他の兄弟とは違っており、唯一、心が通じ合えている家族だった。

ゼロス王には数人の妃がいて、ロットとエルダーナは同腹の姉妹。

母親はすでに亡くなっているが……だからこそ、姉妹で支え合って生きてきた。

エルダーナが王位継承権を捨てているのも、王太子となっているロットに従うという意思表示である。

「神様、どうかお姉様をお守りください……どうか、どうか……！」

エルダーナは姉の無事を祈り、ハラハラと涙を流す。

ロットがアーレングス王国との戦に敗れ、行方不明になったと聞いてから……エルダーナはずっと祈り続けていた。

ロットの生死はわかっていない。

彼女の配下の軍勢は残らず壊滅しており、一兵たりとも王都に戻ってきていないからだ。

アーレングス王国はクーデターによって成立したばかりの新興国であり、それほど兵を割く余裕はなかったはずなのに……いったい、姉の身に何が起こったというのだろう。

「お姉様……」

「なんだ、エルダーナ。お前はまだそんな無駄なことをしているのか？」

「ッ……！」

祈り続けているエルダーナの背中に、男の声がかけられた。

慌てて振り返ると……そこにはニヤニヤと笑っている青年の姿があった。

「……なんの御用でしょうか、ジークオッドお兄様」

エルダーナが警戒を込めた声音で、その男の名前を呼ぶ。

青年の名前はジークオッド・ゼロス。ゼロス王国の第二王子であり、現在、王位にもっとも近い位置にいる一人だった。

この国の王族特有の赤い髪の持ち主。容姿端麗ではあるものの……品性下劣な性格が顔に出ているタイプであり、どこか爬虫類のような冷血動物を思わせる印象の青年である。

「あの女が本当に生きていると思っているのか？　ありもしない希望に縋りつかないほうが幸せというものだぞ？」

「……『あの女』というのはシャーロットお姉様のことでしょうか？」

エルダーナがわずかに声を潜めて、不快そうに訊ねる。

「王太子であるシャーロットお姉様に対して、無礼ですよ！」

「王太子ねえ……その称号は名ばかりのものになっているだろう？」

「それは……」

「間抜けなあの女はとっくに失脚している。一年前は無様に敗北して軍勢の半分を失い、そして……またしても、敗北だ。万が一に生きて王都に戻ってきたとしても、すぐに王太子の地位を剥奪されるだろう」

「…………」

エルダーナが悔しそうに黙った。

ジークオッドの言葉は的外れではない。むしろ……正鵠《せいこく》を射ているとすらいえるだろう。エルダーナの敬愛する姉、王太子であるシャーロット・ゼロスは完全に失脚している。どう足掻いたところで、ここから這い上がることはない。

「お姉様は生きています……」

「ああ、そうだな。生きているんだろうな……今のところは」

「……どういう意味ですか？」

「聞いていないようだな。お前の姉はアーレングス王国に囚われている。そして、あの国との交渉は打ち切った。いずれは処刑されることだろう」

「なっ……！」

エルダーナが愕然とする。

その情報はエルダーナまで届いていなかった。

ロットが率いていた軍勢が壊滅したという話は聞いていたが……アーレングス王国の捕虜になっていたのか。

「父上は病床で身動きが取れないからな。私とジェイコブ、大臣達との話し合いで解放のための交渉はしないこととなった」

「何故……そんなっ……！」

「我が国にとってはすでに価値のない女だからな！　まあ、女としての使い道はあるかもしれないが……もしかすると、アーレングスの兵士達に凌辱されているかもしれないな！」

ジークオッドがクチャリと下品に表情を歪めて、視線を落とす。

エルダーナの身体に舐めるような視線を這わせ……下卑た笑みを浮かべる。

「ッ……！」

「あの女もお前と同じで、顔と身体だけは上等だからな……血のつながった姉妹でなければと何度思ったことか」

「じ、ジークオッド、お兄様……」

「まあ、血がつながっていても関係はないな！　俺が王になりさえすれば、誰も文句は言えないからなあ！」

「ヒッ……！」

ジークオッドの目には隠すことのない情欲が宿っている。

ロットも美麗な顔立ちをしているが……ここにいるエルダーナはそれを上回る美女だった。

一年前にアイドラン王国との間で起こった戦争も、元はといえばエイリック・アイドランがエルダーナに妾になるように求めて、拒絶されたことが一因となっていた。

「見ないでください……そんな目で、私を……！」

「ああ……あの女がいなくなったということは、お前を押し倒しても文句を言う相手がいないということだな！　ハハハッ、最高じゃあないか！」

「嫌っ！」

ジークオッドが手を伸ばしてきて、エルダーナの腕を掴む。

大声を上げているというのに、聖堂に兵士が現れる様子はない。ジークオッドが事前に人払いをしていたのだろう。

「おっと……抵抗してもいいのか？」

手を振り払われたジークオッドであったが、腹を立てることもなく意地悪そうに喉を鳴らして笑う。

「俺の言うとおりにするのであれば……ロットが解放されるように、改めてアーレングス王国と交渉しても良いのだぞ？」

「そん、な……」

「あの女の命はお前にかかっている……さあ、どうする？」

「ッ……！」

エルダーナが顔を青ざめさせる。

姉の命を救うためには、目の前のゲスに身をゆだねなくてはいけない。

たった一人の愛する家族を救うためには、それしか方法がなかった。

「…………」

エルダーナは震えながら、心底軽蔑している男に身を差し出そうとして……。

「え？」

「ひぎいっ……」

驚いて、パチクリと瞬きをした。

姉の無事を祈るために聖堂にいたエルダーナ。

彼女の後ろには祭壇があったのだが……その一部が開いて、そこから剣が突き出ていた。

「本当に出た」

そして……端的な言葉を口にして、祭壇にあった隠し通路から一人の男が現れる。

「あ、貴方は……？」

「…………」

エルダーナの問いに、その男は無言で肩をすくめる。

男の名前は……ヴァン・アーレングス。王位簒奪を成し遂げた若き覇王。

アーレングス王国の王である男が、鋭い刃でジークオッドを突き刺していたのだ。

「痛いいいいいいいいいいいいいいいっ！」

不意打ちで肩を刺されて、ジークオッドがみっともなく床を転げまわる。

「痛いよおっ、こ、この無礼者めえ！　誰かコイツをぶっ殺せえ！」

泣き叫ぶジークオッドであったが、聖堂には彼とエルダーナ、そして隠し通路から侵入してきたヴァンしかいない。

エルダーナを襲うために、ジークオッドが自分で人払いをしていたのだから、自業自得な話である。

「エルダーナ・ゼロスだな？」

剣が刺さったまま泣き叫んでいるジークオッドを放っておいて、ヴァンがエルダーナに声をかける。

「な、なんでしょう……貴方はいったい……？」

突如として現れたヴァンであったが……一応、申し訳程度の変装はしていた。

顔の下半分を布で覆っているだけなので、完全な不審者である。

仮に顔を隠していなかったとしても、エルダーナにはヴァンが敵国の王であるなどとわからなかっただろうが。

「お前を連れていく……姉に会いたかったらついてこい」

「…………！」

後半、ボソリと小声で囁かれた言葉にエルダーナが目を見開いた。

そして、エルダーナもまたジークオッドに聞こえないくらいの声量で答える。

「……会わせてもらえるんですか、シャーロットお姉様に」

「お前が望むのであれば」

「…………」

エルダーナがチラリと床を這っている兄を見やる。

「痛い……痛いいいっ……誰か、誰か俺を助けろお……！」

「……行きます。連れていってください」

エルダーナはそれほど考えることもなく、ヴァンの提案に従うことを決めた。

無様に転がっている男に身を差し出して姉の救出を頼むよりも、得体の知れない男に賭けたほうがマシであると判断したのだ。

（それに……彼は祭壇の隠し通路から現れました。一応は王族である私だって、こんな道があると知らなかったのに）

覆いが外れた祭壇の奥には、地下に通じる階段があった。

察するに……緊急時のための脱出路だろう。

エルダーナには知らされていなかったそれを把握している人間がいるとすれば、それは国王か上位の王子のみ。

（つまり……この人物はお姉様から隠し通路のことを教えてもらい、こうして忍び込んできた可能性が高い……！）

エルダーナは賢かった。

ヴァンのことを知らずとも、そこにいる人間がアーレングス王国の関係者であると予想したのである。

「よし、行くぞ」

「キャアッ！」

そして、了承を得たヴァンの行動は早かった。

すぐさまエルダーナの身体を抱きかかえて、祭壇の隠し通路に走っていく。

「ま、待てえ！　エルダーナアアアアアアアアアアッ！」

「ジークオッド殿下！　どうされましたか!?」

背後から、ジークオッドが叫ぶ声が聞こえてくる。

ようやく、異変に感づいた兵士達が駆けこんできたようだが……もはや遅い。

エルダーナを抱きかかえたまま、ヴァンは風のような速度で暗い隠し通路を走り抜けていく。

地下にある通路は真っ暗だったが……まるで闇を見通しているかのように迷いない足取りである。

「あ、あの……お聞きしてもよろしいですか？」

「…………」

お姫様抱っこで運搬されながら、エルダーナが訊ねる。

ヴァンは無言のまま、言葉の先を促した。

「貴方は……シャーロットお姉様を捕らえたアーレングス王国の関係者ですか」

「そうだ」

ヴァンが短く答えた。

やはり、そうだったらしい。エルダーナは予想が当たっていたことに安堵する。

「私を助けたのはお姉様の指示……いえ、要望によるものですか？」

「そうだ」

「……本当によろしかったのですか？　これでゼロス王国とアーレングス王国は完全に敵対しました。もはや、激突は避けられませんよ？」

今さらのような気がするが……エルダーナの指摘は事実である。

王位継承権第一位であったロットが捕虜にされて、第二位であるジークオッドが刺された。

極めつきに……王女であるエルダーナが拉致されている。

ここまでされたら、ゼロス王国は全力でアーレングス王国を滅ぼそうとするに決まっていた。

そうでなければ、国としての威信が損なわれてしまう。

「問題ない」

そんなエルダーナの懸念に、ヴァンがどうでも良さそうに言う。

「え……ですが……？」

「問題ない」

「…………わかりました。余計なことを申しました」

ここまで断言しているのであれば、エルダーナに言うことはない。

そもそも……「だったら帰って」などと言われて困るのはエルダーナである。

「お姉様に会わせてくださるのなら、どこにでも参ります。どうか連れていってください」

「…………」

エルダーナがヴァンの首に両腕を回してしがみついた。

その瞬間、屈強な男の身体がビクリと震えた気がするが……エルダーナは気のせいだろうと指摘せずに流したのである。

第七章　王子と王女をお持ち帰りしたよ

ヴァンは単独でゼロス王国の王城に侵入して、隠し通路を使って王女エルダーナを拉致してきた。

おまけに、その際に居合わせた第二王子ジークオッド・ゼロスを刺している。

急所は外れていたためにジークオッドが命を落とすことはなかったが……これにより、ゼロス王国との激突は必至。

両国の全面戦争の幕が開いたのである。

「なんて……そんなことは起こらなかったんですけどね」

アーレングス王国王城。

国王の寝室にて、モア・アーレングスがのんびりとした口調で言う。

「こちらの予想どおり……ゼロス王国は泣き寝入りしたようですね。まあ、ジークオッド王子はこちらの策略に引っかかっているだけの気もしますけど」

モアがベッドの上に座って、誰にともなく説明する。

「お兄様がジークオッド王子を刺すのに使った剣には、とある刻印が彫られています。それは第三王子であるジェイコブ・ゼロス王子を示す刻印です」

ヴァンはジークオッドを刺しはしたが、あえて殺さずにいた。

もちろん、その指示を出したのはモアである。

「ジェイコブ王子の刻印入りの剣は現場に置いてきてあります。そして、お兄様はエルダーナ王女を連れ去る際にあえて目立つ白馬に乗り、ジェイコブ王子が所有している屋敷の傍を経由して逃げてきました。まるでジェイコブ王子がジークオッド王子を殺害しようと企み、さらにエルダーナ王女を攫わせたように見えるでしょう」

とはいえ……これはあからさますぎている。

わざわざ刻印入りの剣を暗殺に使用する意味はないし、白昼堂々と白馬に乗って逃げるわけがない。

明らかに、ジェイコブに罪を被せようとしているのが丸見えだった。

「もちろん、普通は信じないでしょう。とはいえ……ジークオッド王子はジェイコブ王子を政敵として憎んでいるようですから、感情に流されて騙されてくれたら儲けものですね」

冷静に考えれば、ジェイコブがこんな馬鹿みたいなやり方で暗殺をしようとするわけがない。

ただ……人は時に誰の目から見ても、愚かな判断をするものである。

今回のことが原因で、ジークオッドがよりジェイコブを憎んでくれたらラッキーな話だった。

「仮に失敗してもいいんですよ？　だって、ゼロス王国は絶対にこの国を攻められませんから」

「…………」

「何故ですって？　それは先んじて攻め込んできたロット殿下の軍勢が、同士討ちで全滅しているからですよ」

モアがクスクスと笑いながら、愉快そうに説明を続けた。

「ロット殿下が率いていた軍勢は表向き、アーレングス軍によって殲滅されたことになっています。しかし……実際には敗走して祖国に戻ったところを、ジークオッド殿下によって滅ぼされたのです。おそらく……いえ、間違いなく、ジェイコブ王子を始めとした王族・貴族はそのことに感づいているでしょう。自国の内部で起こったことですから、ある程度の身分がある人間ならば知ることができて当然です」

「…………」

「だから……彼らは思うでしょうね。もしもアーレングス王国に攻め込めば、同じように同士討ちで背中を刺されるかもしれないと」

悪意を持った人間は、他人も同じように悪意を抱いていると思い込むものである。

第二王子ジークオッドは自らが騙し討ちで姉王子の軍勢を殲滅したがゆえに、同じことを自分がされるかもしれないと警戒する。

第三王子ジェイコブ、他の王子達もロットがやられたように、ジークオッドに攻撃されると警戒する。

だから、誰もアーレングス王国に攻めてこられない。

今のゼロス王国にとって、最大の敵は自分の身内なのだ。

敵である兄弟に背中を見せてまで、他国に外征する余裕はなかった。

「百歩譲って、アーレングス王国がやったことが明らかであるならば話は別でしょう。しかし、お兄様は何一つ証拠を残してきていない。現場に残っているのは、デタラメではあってもジェイコブ王子がやったという証拠のみ。アーレングス王国がエルダーナ王女を攫ったことに感づいた人間がいたとしても、表立って攻め込むことはできないのです」

「…………」

「だから、そんなに落ち込まないでくださいな……愛しい愛しいお兄様」

「…………妹ちゃん」

国王の寝室、ベッドの上に座ったモアの膝にはヴァンが縋りついており、スンスンと泣いている最中だった。

自分のせいでゼロス王国と全面戦争になるかもしれないと不安がって、いつものように妹に泣きついていたのである。

「仮に私の読みが外れて戦争になったとしても、指示をしたのは私です。お兄様には何も責任はないのでご心配なく」

「そんな……妹ちゃんのせいにはできないよお……」

「私が悪くないというのであれば、指示に従ったお兄様も悪くはない……それではいけませんか？」

「……それでいい」

ヴァンがようやく泣き止んで、モアの腰のあたりをギュッと抱きしめた。

「ありがとう、妹ちゃん……元気出たよ」

「はい、それは良かったです……それよりも、お兄様。これからのことはわかっていますね」

「えっと……本当にやるのかな、妹ちゃん」

「もちろんですわ。お兄様」

怖々と見上げてくるヴァンに、モアが慈母のような優しい笑顔で告げる。

「せっかく、他国の王族を二人も手に入れたのです……しっかりと抱いて、子供の一人でも仕込んじゃってくださいね？」

▽　▽　▽

行き別れた姉妹……シャーロット・ゼロスとエルダーナ・ゼロス。

二人は故郷から遠く離れた地、アーレングス王国の王城で再会した。

「エルダーナ……！」

「お姉様、無事で良かった……！」

二人はヒシッと抱き合って、再会を喜んだ。

ロットがアーレングス王国に囚われて、もう二度と会うことはできないかと思っていた。

だけど……二人はこうして、再会することができた。

他でもない、二人の不幸の元凶……ヴァン・アーレングスの手引きによって。

「まったく……ジークオッドめ！　僕の留守中にエルダーナを狙うだなんて、あのゲスめ！」

「お、お姉様……私だったら大丈夫です。御覧のとおり、傷一つありませんから」

「もしも貴女が怪我をしていたら、すぐにでもゼロス王国に奴の首を獲りに行っていたところだ！　腹違いとはいえ、妹に手を出そうとするとは信じがたい所業だな……！」

少し前まで、ヴァンに対して激しい怒りを燃やしていたロットであったが……現在は、腹違いの弟であるジークオッドへの憎悪が勝っていた。

ロットにとって、エルダーナは目に入れても痛くない可愛い妹。

命と引き換えにしても許すことができる大切な妹を傷つけられそうになったのだから、怒り狂うのも無理はないことである。

「お姉様、落ち着いてくださいませ……私だったら本当に問題ありません」

一方で、性犯罪の被害に遭いかけたエルダーナのほうは冷静だった。

「ヴァン国王陛下のおかげで事なきを得ました。それよりも……これからのことを考えなくてはいけません」

「え、エルダーナ……貴女、もしかして……！」

「ええ、お姉様。そのとおりです」

エルダーナが決意を込めて、微笑んだ。

「私はヴァン・アーレングス国王陛下の妾になろうと思います。彼に抱かれて子を孕み、我が国の未来のために希望を残したいと考えております」

エルダーナはロットほど、自分の生まれた祖国を愛してはいない。

エルダーナはこれまで王宮から出たことはほとんどなく、王宮の内部でも、ジークオッドを始めとした一部の人間から身体を狙われていた。

エルダーナにとって大切な人間は同腹の姉……シャーロット・ゼロスだけ。

他の人間などどうなろうと構わないし、ゼロス王国がアーレングス王国に占領されたところで一向に構わなかった。

(でも……国のためと口にしたほうが、お姉様にとってはわかりやすいですよね)

「私がヴァン国王陛下の子を産めば、ゼロス王国の血縁は途絶えることはないでしょう。アーレングス王国も武力で無理にゼロス王国を滅ぼすのではなく、生まれてきた子供を使って乗っ取る形に舵を切るはずです。私達にとって、何も損はありませんわ」

その策謀はエルダーナが考え抜いたものではなく、モアに唆されたことである。

ロットもエルダーナもすでに帰る場所がない。ゼロス王国に戻れば……ロットは政敵によって殺害され、エルダーナは政略結婚の駒にされる。場合によっては、ジークオッドの玩具にされる可能性もあった。

アーレングス王国を追い出されるわけにはいかない。エルダーナはモアの要求を受け入れて、ヴァンの妾になるつもりだった。

「エルダーナ、考えを改めろ！　あの男の妻になったら、どんな扱いをされるかわからないのだぞ!?」

ロットがシャーロットの肩を掴んで、ガクガクと前後に揺らす。

「そもそも、『妃』ではなく『妾』扱いなどおかしいではないか！　一国の王女である貴女の足元を見ているとしか思えない！」

「お姉様、それは私がアーレングス王国にいることは現時点では明かせないからです。情勢が落ち着いたら、改めて妃にしてくださると約束してくださいましたわ」

エルダーナは懇切丁寧に、姉を説得しようとする。

「それに……ヴァン国王陛下にはジークオッドお兄様に襲われた際、助けてもらった恩があります。恩義には報いなくてはいけません」

「そんな……！」

ロットが表情を歪めた。

エルダーナを犠牲にすることに葛藤がないわけがない。しかし、自分達の生殺与奪の権がヴァン・アーレングスに握られていることは事実である。

帰るべき祖国をなくしている二人が生き残る最善策は、ヴァンに抱かれて妾になることなのだった。

「……わかった。ならば、僕も一緒だ」

「お姉様……」

「貴女だけを犠牲にしたりはしない。獣の前に身を投じるのならば、僕も共にゆこう」

それほど迷うことなく、ロットはそう宣言した。

それが予想どおりの決断……悪魔に用意された謀略の一部であると、気がつかぬまま。

▽　▽　▽

『……わかった。ならば、僕も一緒だ』

『貴女だけを犠牲にしたりはしない。獣の前に身を投じるのならば、僕も共にゆこう』

「お姉様……」

姉が口にした言葉を思い出して、エルダーナは胸に手を当てて溜息を吐いた。

場所はアーレングス王国の王宮の一室。エルダーナが寝室として与えられている部屋だった。

エルダーナはいかにもそういう用途の服であるとわかるような、扇情的なネグリジェを身に着けている。

これから、この部屋にヴァン・アーレングスがやってくることになっていた。

「お姉様……私は最低ですね」

エルダーナが悲しそうにつぶやいた。

姉のシャーロット・ゼロスの姿はここにはない。

ロットは湯浴《あ》みに行っており、すぐに戻ってくるだろう。

エルダーナとロットは二人して、抱かれることになっているのだ。

（私はわかっていた……私がヴァン国王陛下に抱かれると宣言すれば、姉が自分も一緒にと言い出すことは……）

知っていながら……エルダーナはそれを選択した。結果的に姉を陥れることになると予想した上で。

エルダーナは姉のことを愛していた。誰よりも深く、何よりも強く。

だから、望んだ……姉と一緒に抱かれることを。

そうすれば、間接的に姉と繋がることができるから。

エルダーナはゼロス王国において、必要とされていない人間だった。

国王の五番目の子供であり、王位を継ぐことはほぼ不可能な立ち位置。

武術や魔法の才能もなく、政治に関われるような地位でもなく……突出しているものといえば、優れた容姿だけ。

それでも、容姿が優れているならば政略結婚に使い道がある。

そのはずなのだが……数年前に起こったとある事件によって、その価値も地に堕ちた。

凌辱されたのだ。血のつながった、実の父親に。

父親であるゼロス王によって身体を嬲られて、処女の証を失ってしまった。

ゼロス王はエルダーナの母親を溺愛していた。激しく求めるあまり、彼女を死なせてしまうほどに。

だから……エルダーナのことも愛した。成長していく娘が徐々に母親に似てきたから。

その忌まわしき事実を知る者は少ない。国王の側近数名だけであり、ロットや他の兄達も知らなかった。

幼くして処女を失った……おまけに、父親に凌辱されたとなれば、もはや政略結婚の駒としての価値はない。迂闊に他国に出してしまえば、国王の醜聞が漏れてしまう。

そのため、エルダーナは掌中の珠として王宮の中に閉じこめられ、わずかな人間とだけ顔を合わせる生活となったのだ。

そんな生活の中、エルダーナが姉を慕うようになったのは必然のことだった。父親を含めた、男性を嫌うこともまた同様である。

姉だけが自分を大切にしてくれた。家族として純粋に愛してくれた。

父親やジークオッドのような歪んだ愛情ではない。純粋な愛情を与えてくれた。

(だから、この状況は私にとって悪くはない。だって、お姉様と一緒に抱かれることができるのだから……)

エルダーナは自分が歪んでいるとわかっていた。

敵国の王に姉妹で身をゆだねることに、どこか興奮を感じていることも自覚している。

(お姉様、ごめんなさい……お姉様が王太子という地位を失っていることを、私のところに堕ちてきてくれたことを喜んでしまっている、愚かな妹をお許しください……)

「お待たせ、エルダーナ」

寝室の扉が開いて、ロットが入ってきた。

ロットは湯上がりで肌を朱に染めているが、エルダーナとは違ってエッチな服は着ていない。

「ああ……やはり、僕もそういうのを着るべきなんだろうな……」

「先ほど、モア妃様が届けてくださいましたよ……よろしければ、お手伝いします」

「ウウッ……すまない、僕が戦で負けなければこんなこと……！」

苦渋に満ちた顔をしているロットに、エルダーナは申し訳ない気持ちになった。

「良いのですよ、お姉様……私は少しも自分が不幸だとは思っていませんから」

強がりではなく本心からそう口にして、エルダーナは姉を着替えさせるべく椅子から立ち上がった。

「エルダーナ……！」

そんなわけがないのに、と気丈に振る舞う妹の姿にシャーロット・ゼロスは泣きそうになってしまった。

ロットにとって、エルダーナは絶対に守りたいと思っていた宝物だった。

ロットは第一王子としてこの世に生を受けた。

ゼロス王国は長子継承を重んじており、性別や母親の身分にかかわらず、長子が王太子となり次期国王となることが決まっている。

それは継承争いによる国の混乱を防ぐためだが……それにより、ロットは苦界に落とされることになった。

ロットは女性である。ゼロス王国では女性も王になれるが、それでも男性が王になるべきだと主張する者も多い。

おまけに、ロットとエルダーナの母親は身分が低かった。国王の寵愛によって妃になったが……本来であれば、王妃になれるような身分ではない。

だから、必死になって努力した。周りの評価を高めるために勉学で好成績を収めて、積極的に貴族や騎士と交流を持って味方を増やしていった。

幸い、第二王子であるジークオッドが愚かな男だったため、ロットの優秀さはより際立っている。

『あの馬鹿王子よりは血筋の悪い女王のほうがマシ』などという陰口を聞いた時には、思わず声を出して笑いそうになってしまった。

ある時期から、妹のエルダーナが気落ちしていたこともロットの背中を押した。

エルダーナはなんでもないと話していたが……嘘に決まっている。

おそらく、ロットには直接手出しができない連中に嫌がらせをされたのだ。妹を守るためにも、もっともっと力をつけなくてはいけない。

そうして邁進を続けていくロットであったが……一年前の戦争により、全てが崩れることになった。長年の敵国であるアイドラン王国に敗北を喫したことにより、それまで高めていた評価が地に堕ちたのだ。

王太子の地位こそ保留とされたものの、それまでロットを支持していた貴族は第二王子、第三王子の派閥に鞍替えした。

敗戦の原因であるヴァン・アーレングスを憎みもしたが……それが理不尽な八つ当たりであることくらい、ロットもわかっている。将兵として命を懸けて戦った戦士をどうして、憎むことが許されるだろう。

それでも、本当に憎むべき人間……エイリック・アイドランがすでに処刑されているため、ついつい当たってしまったのだ。

そして、二度目の敗戦。これにより……ロットは全てを失った。

王太子の地位もすでに取り上げられているに違いない。ゼロス王国に戻れば、途端に殺されるか蟄居《ちっきょ》が待っている。

最後までロットを支持してくれていた騎士や兵士も、ほとんどがジークオッドの手によって殺された。難を逃れているのは、ロットと一緒に捕虜になっていた数名だけである。

全てをなくした。たった一つの宝玉を除いて。

(エルダーナだけは僕が守らないと……僕に残っているのは、この子しかいない……！)

「コレ、似合っているだろうか？」

「ええ、とても良くお似合いです。お姉様」

「……そうか、それならいいんだが」

扇情的なネグリジェ姿になった自分を姿身に映して、ロットは複雑そうな顔になる。

女としての自分を捨てるつもりで『ロット』という名前を名乗るようになったが、ここにきて女の武器に頼ることになろうとは思わなかった。

（だが……やらなくてはいけない。エルダーナを守るために、ヴァン・アーレングスを全力で誘惑する……！）

ロットがエルダーナを守るためには、もはやそれ以外に手段はない。

ヴァンを誘惑して、ロットに夢中にさせる。

そうすれば……エルダーナにかかる負担は最小限で済むはずだ。

（正直、容姿に関してはエルダーナに勝つ自信はないな……優っている部分といえば、胸の大きさくらいか？）

ずっとサラシで締めつけていたのだが、形が崩れてはいないだろうか。ロットはネグリジェの上から自分の胸を触って確認する。

しばし、そうしていると……扉がノックされて、部屋付きの侍女の声が聞こえてきた。

「失礼いたします。国王陛下がお渡りになりました」

「来た……！」

「お出迎えいたしましょう。お姉様」

「待て、僕が前に出る！」

ロットがエルダーナの前に立ち、ヴァンを出迎えた。

扉が外から開かれて、ヴァンが現れる。

「よ、よくぞお越しくださいました……ヴァン陛下」

ロットは引きつりそうになる顔で精いっぱい、媚びた笑顔を浮かべる。

「今日はどうぞ、可愛がってくださいませ。まずはワインを……」

「お前達を抱く。準備をしろ」

「へ……？」

「やるぞ」

ロットの意図はその言葉によって打ち砕かれた。

あっさりと、あまりにも他愛なく。

▽　▽　▽

「クッ……！」

「ひゃんっ！」

ヴァンの逞しい腕が二人の美女を掻き抱いた。

ベッドにどっかりと座った体勢でロットとエルダーナを左右に抱いて、容赦なくその身体に手を這わせる。

「ンッ……クッ、アアッ……！」

「アッ……や、んんんっ……！」

ゼロス王家に生まれた姉妹の胸を同時に掴み、無遠慮に揉みしだく。

その行為はまるでゼロス王国という国そのものを喰らっているかのような、冒涜的かつ背徳的な行為だった。

「だ、大丈夫か……エルダーナ……！」

「んあっ、はっ……お姉様こそ……！」

男の腕に抱かれながらも、姉妹はお互いを思いやっていた。

美しい姉妹愛であったが……そんな彼女達をヴァンは容赦なく踏み荒らす。

「ん」

「ングッ……!?」

ヴァンが姉妹の乳肉を弄びながら、ロットの唇を奪った。

驚いて目を見開くロットに構うことなく、舌を強引に口内に押し込む。

「ングッ……んっ、うんん……ンンンンンッ！」

口腔内を容赦なく蹂躙され、舌を吸われ、唾液を流し込まれて……軽く達してしまったロットの身体から力が抜ける。

「はう……」

「お前もだ、エルダーナ」

「あっ……！」

姉を味わった次は妹のほうである。

ヴァンはエルダーナの唇を奪って、姉と同じように舌で口の中を無茶苦茶に掻きまわす。

「ンアッ、はっ……んく、チュバチュバチュバ……」

やがてエルダーナもまた、姉と同じようにクッタリと脱力してしまった。

「姉妹というのは感じる場所も同じなんだな」

「アンッ……」

「ヒンッ……」

自らの身体に寄りかかってくる二人の乙女を見下ろして、ヴァンが興味深そうにつぶやく。

そうしているうちにも両手の動きは休まることなく、姉妹の乳首をクニクニと摘んで責めていた。

「ハアハア、ヴァン・アーレングス……」

「ム？」

「わたしは、いい……でも、頼む……妹は、エルダーナは……」

ロットが息も絶え絶えになりながら、ヴァンに何事かを訴える。

妹は抱かないでやってくれ。

あるいは、妹は優しくしてやってくれ。

おそらく、そんなことを言いたかったのだろうが……その思いは荒ぶる雄獣には届かなかったようだ。

「フンッ！」

「「あああっ！」」

ヴァンが姉妹の身体を掴んで、ベッドの上に重ねて寝かせた。

ロットが仰向けで、エルダーナがうつ伏せで……まるで抱き合うようにして、ベッドの上に姉妹の身体が重なっている。

「エルダーナ……！」

「お姉、さま……！」

二人の唇が自然と重なる。

姉妹がお互いの唇を交わして、チュパチュパと控えめな音を鳴らして求め合う。

そのキスは先ほどのヴァンのものとはまるで違う、愛情の確認行為のような口付けだった。

お互いがお互いに愛していると伝えるためのキス。卑猥でありながらも、どこか微笑ましさを感じられる光景である。

「いくぞ」

「ヒャアアアアアアアアアアアアアアアアアッ！」

「ンアアアアアアアアアアアアアアアアアアッ！」

しかし……姉妹の蜜月は長くは続かなかった。

ヴァンが折り重なっている二人の背後から、『剣』を振り下ろしたのだ。

最初は姉。ロットに『剣』を突き刺した。

「ま、待て！　そんな急にんんアアアアアアアアアアアッ!?」

「うん、いい」

慌てたように叫ぶロットが可愛らしい。

普段は凛とした雰囲気の持ち主であるからこそ、それを崩して乱すのが痛快だ。

腰を動かし、奥を突くたびに上がる嬌声が堪らない。もっと声を引き出したくなってヴァンが動きを速めた。

「絶頂け」

「ヒャアアアアアアアアアアアアアアアアアッ！」

ヴァンが『剣』を最奥まで刺し込んで打ちつけると、ロットがガクガクと身体を痙攣させて頂に達した。

「次だ」

「アハアンッ！　私のほうにも来ました！」

姉を沈めたら、次は妹である。

ヴァンはロットから引き抜いた『剣』をエルダーナに突き入れる。

「ンアッ、ヤッ、んんっ……アアンッ！」

「へえ、面白い」

やはり、姉妹であっても感触は異なるらしい。

ロットのそれが強く締めつけるような感触であるのに対して、エルダーナは優しく包み込むようだ。姉妹の性格がよく出ている。

「感じる場所は同じなのに、感触は違う……なるほど、興味深いな」

「ヤッ、アアッ……ハア、ハア、アフウ……」

「絶頂け」

「ンアアアアアアアアアアアアアアアアアアアアッ！」

奥をグリグリと突いてやると、エルダーナが絶頂した。

感触は違うが、感度の良さは姉妹のどちらもかなり高い。

姉妹の似た部分と似ていない部分……両方を堪能して、ヴァンは満足して頷いた。

「ハア、ハア……エルダーナ……」

「お姉様……」

折り重なった姉妹がクッタリと脱力しながら、絆を確かめ合っている。

そんな二人を微笑ましそうに見守っていたヴァンであったが……すぐにムラムラとしてきて、
辛抱堪らなくなってしまう。

「続けるぞ、二人とも」

「ちょ、急に……ヒャアアアアアアアアアアアアアアアアアッ！」

「ま、待って……ンアアアアアアアアアアアアアアアアアアアアッ！」

余韻に浸っていたところに不意打ちの攻撃。

ヴァンが姉妹の下半身に狙いを定めて、交互に『剣』を振り下ろしていく。

ロットからエルダーナ、エルダーナからロット。

交互に異なる感触を味わいながらも、三人の体温は混じり合って一つになっていく。

「絶頂け」

くちゅ
くちゅ
パチュ
パチュ
ビク
パチュ

「アアアアアアアアアアアアアアアアアッ！」

「アアアアアアアアアアアアアアアアアッ！」

そして、三人が同時に頂上まで昇り詰める。

バチバチと閃光が飛び散るような激しい快楽に包まれて、姉妹が完全に陥落した。

二人が胸の内にどんな想いを抱えていようと、腹を空かせた野獣には関係のないことである。

ゼロス王家に生まれた尊い姉妹は圧倒的な『雄』によって呑み込まれて、そろって貪り喰われることになるのだった。

エピローグ　妃と妾

アーレングス王国にある王宮。

昼間だというのにその部屋はカーテンが閉められており、暗闇に覆われていた。

やがて部屋の中に火が灯され……燭台にオレンジ色の光が宿る。

「それでは、第二回となります『裏・淑女会議』を開催いたします」

燭台の光の下に現れたのは……長い黒髪を背中に流して、顔の上半分を仮面で隠している女性である。

「改めまして……私が議長を務めさせていただきます『ブラック』です」

「あの……モア様」

暗い部屋に置かれた円卓、その席の一つに座る女性が挙手をした。

「私達、いつまで仮面を被らないといけないのでしょう？　コレ、汗で貼りついて気持ちが悪いのですけど……」

「コードネームで呼んでください、『シルバー』。汗については、仮面のデザインを再検討いたします。他の方も希望があるようでしたら、あらかじめ教えておいてください」

モア……ではなく、『ブラック』が答える。

そして、小さく咳払いをしてから本題に入った。

「さて……今日は新しいメンバーが入りましたので紹介いたします。『カーマイン』と『ローズ』です」

「…………」

「新参者ですが、よろしくお願いいたします」

新たに現れたのは赤髪の女性が二人。

一方はムスッとした様子で腕を組んでおり、仮面の上からでもわかるほど不機嫌な顔になっている。

もう一方は穏やかな笑みを浮かべて、落ち着いた声で先輩メンバーに挨拶をした。

「もう知ってのとおり……こちらの二人は新たに、ヴァン国王陛下の女として加わることになりました。おかげさまで、私達の負担も減って昼間の仕事に余裕が出ています……はい、拍手ー」

部屋からパラパラと拍手が上がった。

『カーマイン』と呼ばれた赤髪は依然として苦々しい顔、『ローズ』と呼ばれた赤髪は困った様子で苦笑している。

「お二人は陛下と結婚こそしてはおりませんが、事実上の妃として扱われます。あり得ないこととは思いますが、身分差を理由に意地悪などはなさらないでください。万が一のことがあれば、お兄様のほうから直々にお仕置きがあります……夜に」

「「「「…………！」」」」

新参者も含めて、部屋の中にいる人間が息を呑んで震えあがった。

ヴァンから与えられる夜のお仕置きがどれほど恐ろしいものか、ここにいる人間で知らぬ者はいなかった。

最初から二人を虐げようとしてはいなかったが……先輩二人は改めて、誤解されるようなことはすまいと心に決める。

「さて……『裏・淑女会』は陛下との夜の営みについて話し合う会なのですが、メンバーが五人となったことで各々に休みを取る余裕ができました。スケジュールについては改めてお知らせいたしますが、おそらく夜伽は週一回程度になると思います」

「「「「…………」」」」

部屋から安堵の溜息が漏れる。

この場にいる人間は全員、すでにヴァンに抱かれており、ヴァンが夜において負け知らず、無双の強さを誇っていることを嫌というほど知っていた。

夜伽の次の日はほぼ丸一日、身動きが取れないほどに疲労してしまう。

おかげで妃としての仕事も滞るし、激しい時には命の危機すら感じることがある。

本来であれば、寵愛を得られることは妃として誉れであるのだが……この場にいる全員が夜伽が減ることに安心していた。

「ただし……これはあくまでも、平常時の場合です」

『ブラック』が声を低くして、他のメンバーの安堵に水を差す。

「この中の誰かが子を孕めば、当然ながら夜伽は他のメンバーに回ってきます。また、外交などで王宮を空けている時も同様です。体調なども考慮すると……今後も二日、三日連続で相手にする可能性はありますから、覚悟しておいてください」

「う、ぐ……そうなのか……」

『カーマイン』が肩を落とす。

「まさか、アレが連日……僕の身体は本当に保《も》つのか……？」

「あの……新入りが恐縮なのですが、妃や妾を増やす予定はないのですか？　貴族や有力者の娘を娶るとか……？」

「その予定はありません。この国の現状では難しいでしょうね」

『ブラック』が答えた。

アーレングス王国の前身となったアイドラン王国には、『馬鹿王子』と呼ばれた王太子がいた。

エイリック・アイドラン……彼は思うがままに女を抱き、市井から町娘を誘拐してくることが何度もあった。エイリックの犠牲になった女性の中には、婚約者がいた娘、夫や子供がいた婦人も少なくはない。

ヴァンは単純にタフで体力が際限なしなだけだが……エイリックは特殊な行為を強要し、女性の尊厳を踏みにじるようなプレイをしていた。

おかげで、心や身体を壊してしまった人間が何人いたことか、わかったものではない。

「もしもヴァン陛下が広く妻や愛人を募集すれば、民は思うでしょう。『ヴァン陛下もエイリックと同じなのではないか』と。不安に思っているのは民だけではありません。貴族らも王命による婚約と結婚の強要を禁止するべきだと主張しています。彼らに娘を差し出させることも難しいでしょう」

先王らの悪事に加担していた人間は別として、まともな貴族にとって王族は恐怖の対象でしかない。

アイドラン王家は滅んだが、アーレングス王家が同じ轍を踏むことを何よりも恐れているはず。彼らを不安がらせるようなことは避けるべきである。

「ですから、国内から新たな妃を求めることはできません。娶ることができるとすれば……国の外からでしょうか？」

「…………」

『カーマイン』が不愉快そうに唇を歪めた。

自分と妹こそが、まさしくその条件に引っかかった人間であると気がついたのだ。

ヴァンが……あるいは、モアがいつから計画していたのかわからないが、まんまと蜘蛛の巣に飛び込んできてしまった蝶だった。

「北のゼロス王国では内乱による混乱が生じています。御二人には申し訳ないですが……我が国は手出しをしません」

「……そうか」

「…………」

『カーマイン』が視線を逸らす。『ローズ』は無言。

かつてゼロス王国の王族であった二人としては、怒るべきかもしれない。

あるいは、内乱を止めるように働きかけるべきかもしれない。

しかし……国に振り回されたせいで割を喰ってきた二人は、いつの間にかそんな気持ちも消えていた。

「好きにするといい……僕はもう国に帰れない。他の王子達がどうにかするだろう」

「未練がないようでしたら結構です……さて、北は良いとして、これからどうしましょうか？」

『ブラック』がまるでデザートのケーキを選ぶような、楽しそうな声で言う。

「東の帝国、南の大森林、西の海の向こう側……次はどこから、お兄様の相手を選びましょうか。迷ってしまいますわ」

「「「…………」」」

『ブラック』の言葉に、他のメンバーが思い思いの表情になった。

長年の敵対国であるゼロス王国が内乱に発展している一方で、アーレングス王国は内政を進めて国を安定させていく。

そして……飢えた獣の眼差しは次なる獲物を求めて、暗闇で不気味に光っていた。

東か南か西か、あるいはまた北か。
鋭く尖った獣の牙がどこに向けられるのか、それは神のみぞ知ることであった。

番外編　妹ちゃんは転生者

さて……皆様、お楽しみいただけましたでしょうか？

こうして、私の敬愛するお兄様はアーレングス王国を建国して、覇王の道を踏み出したのです。

ここから、全ては始まった。

いずれ大陸を席巻して、千年先の歴史書にまで刻まれることになるであろう英雄譚の幕開けとなったのです！


え？

これで終わり？

とんでもない。まだまだ続きますとも。

お兄様の真の活躍はこれから。今までのお話はほんの序章にすぎません。

語り部は引き続き、わたくし。

お兄様の寵愛を受けし妹にして、『転生者』でもあるモア・アーレングスがお送りいたします。

さて、続きましては……一度、過去に戻りまして、お兄様が騎士になったばかりの頃のお話をいたしましょう。

……え？　そんなことよりも『転生者』ってなんのことだって？

ああ。なるほど、なるほど。

そこも説明していませんでしたね。

それでは、ついでにお話しいたしましょう。

私がこの世界に転生して、いかにしてお兄様を主君と認めたかという話を。

▽　　▽　　▽

私には前世の記憶があります。

前世において、私は日本という国に住んでいた大学院生でした。

学部は人文学部。人間の歴史や文化の発展などについて研究をしていました。

どうして、この世界に転生してしまったのかは、よく覚えていません。

日本にいた時の最後の記憶として……駅前を歩いていて、帽子とサングラスの男が急にぶつかってきたところまでは覚えています。

もしかすると、あの男がストーカーとか通り魔で刺されて死んでしまったのかもしれませんね。

なんとも、人生というのは儚いものです。

ともあれ……気がついたら見知らぬ場所で母親らしき女性に抱きかかえられていた私は、すぐに自分が異世界に転生したことに気がつきました。

最初はどこか外国の可能性もあると思っていたのですが……この世界の人間は暖炉に火を着ける時など、普通に魔法を使っているのです。

おかげで、すぐにここが日本どころか地球のどこでもないことに気がつきました。

いや、正直なところマジでビビりましたよ。

ネット小説やらライトノベルやら、アニメやらは嗜んでいましたが……オタクを名乗れるほどの知識はありません。

ファンタジーな世界に生まれ変わり、自分が何をすれば良いかなどさっぱりわからなかったのです。

俺ＴＵＥＥなチートもなく、あるものといえば前世の知識くらいのもの。

ひとまず、平和に生きてそれなりに収入のある男と結婚でもできれば良い……そんな低い志から、私の異世界生活はスタートしたのです。


さて……ここで私の家族について紹介をしたいのですが、最初に私はアーレングス家の実子ではないことを述べておきましょう。

私の両親はかつてこの家に仕えていた家臣であるらしく、忠臣であった親が亡くなったことを憐れんで、養子として引き取られたのです。

そもそも、アーレングス家は下級貴族の家系でした。

アイドラン王国に仕えているそれなりに古い家だったのですが……寄り親にしていた大貴族が権力闘争に負けたことで、巻き添えで没落しています。

平民落ちしたアーレングス家は田舎の集落に引っ込み、細々と目立たぬように生きていくことを強いられています。

私の両親はアーレングス家が没落してからも仕え続けた忠臣であり、盗賊から当主夫妻をかばって命を落としました。

そして……私が引き取られることになったというわけです。

正直、私が生まれてすぐに死んだ両親には色々と言ってやりたいことがあります。

我が子がいるのに他人のために命を投げ出すなとか、没落した主人に未練たらしくついていくなとか。

雇用主が給料払えなくなったのに無給で仕え続けるとか、甘ちゃんのお人好しかよと言ってやりたくなります。

まあ……そのおかげで、お兄様と出会えたのですから良しとしましょう。うん。

それに……アーレングス家の夫妻はそれなりに良い主人だったのだと思います。

少なくとも、忠義を尽くした臣下の子供を引き取って、自分の子供として育てることにしたのですから。

さて……こうして、没落貴族の末っ子として生きていくことになった私ですけど、正直、我が家の兄達はお兄様以外はロクデナシでした。

まず、長男。

この男は自分が貴族であるという特権意識が抜けていない。

私が使用人の子供であることを理由に奴隷のように扱い、ことあるごとに威張り散らしていました。

普通に善良な両親からは叱られていたのですが、いくつになっても改善する様子がなく……。

おかげで、暮らしている村の住民からは煙たがられていました。

優しい両親から、どうしてこんな男が生まれたのでしょう。

そんなに貴族でいたいのなら、手柄を挙げて爵位を取り戻してみろよと言いたくなります。

実際に言って、逆上されて殴られたこともあります。

報復として、食事にお腹を壊す草を入れてやりました。

次に次男。

この男は股間で物を考えている色ボケ。住んでいる村の女の子にことあるごとにちょっかいをかけています。

田舎の村なのだからエッチなことをするくらいしか娯楽がないのはわかっていますけど、だからといって二股、三股をかけるのは違うでしょう。

婚約者がいる村長の娘にも粉をかけて、手ひどくフラれていましたし……挙句の果てに、妹の私にまで手を出そうとしてくる始末。

暗がりに連れ込まれた際に護身用に持っていたナイフで男性器を切ってやったら、南国の鳥のような奇声を上げて近寄らなくなりましたけど。

そして……三男。

彼こそが、私の敬愛しているお兄様。

ヴァン・アーレングス……後に、私が誰よりも愛して尊敬することになるお兄様です。

お兄様は両親や他の兄達から、あまり評価が良くありません。その理由は兄が人よりも優柔不断で、さらに魔法を使うことができないからです。

お兄様は人よりも決断するのが遅い。正解にたどり着くまで時間がかかり、答えを出してからもそれが本当に正しいのかウジウジと考え込んでしまう……そういうタイプなのです。

おかげで、両親からはのんびりした子だと言われ、上の兄達からは愚鈍であると蔑まれていました。

また、魔法を使うことができないのも問題でした。この世界の人間は多少なりとも魔力があり、火を着けたり水を出したりできるのですが……お兄様はそれが一切できなかったのです。

そのせいで家族からさらに馬鹿にされることになり、お兄様には薪割りや荷物運びなど、さまざまな雑用が押しつけられることになりました。

だけど……私は家族の中で、お兄様のことを誰よりも評価していました。

お兄様が優柔不断だったのは、誰よりも優しいからです。

自分の決断によって、行動によって、誰かを傷つけてしまうことを恐れているから、必要以上に慎重になってしまうだけ。

私に対しても紳士的で面倒見も良く、両親よりお兄様に育ててもらったとすら思っています。

まったく……世の中には見る目のない人間が多くて困ります。

魔法が使えないことにしても、別に欠点だとは思いません。

そもそも、専門的な魔法使いならばまだしも……この村の人間や没落貴族に使えるような魔法はたかが知れています。

マッチのような火を出せたり、コップ一杯にも満たない水が出せたりするだけの魔法が使えて、どれだけ偉いというのでしょうか。

むしろ……お兄様は魔法が使えない代わりに、身体能力がずば抜けています。それはもう、とんでもないほどに。

大人がようやく持ち上げられる荷物を片手で軽々と持ち、手刀で大木を両断することができます。山を駆ければクマを追い越すようなスピードを出すことができて、そのままクマを倒して持って帰ってくるほどです。

これはアレですよ。間違いなく。魔法が使えないことを代償として、人並み外れた腕力を与えられているとかいう特殊な設定のアニメキャラクターのやつなのでしょう。

「妹ちゃん、どうしよう？」

「妹ちゃん、何からやればいいのかな？」

「妹ちゃん、この問題の答えはわかるかな？」

そんなお兄様でしたが……事あるごとに私のことを頼ってきました。

私は前世からの積み重ねがあって、兄達よりも賢く、両親や長男・次男のようにお兄様のことを邪険にしなかったからです。

また、私もお兄様の力を積極的に利用していました。

お兄様は決断力こそなかったものの、肉体的な能力はとんでもなく優秀です。

私が代わりに決断してあげることで、欠点を補って十分に力を発揮できるように条件付けをしてあげました。

私の言うことはいつも正しい。そんなふうに思うように、お兄様を調教……もとい、誘導したのです。

「兄さんは本当にダメな人ですね。私が導いてあげないと何もできないんですから」

「これからもちゃんと言うことを聞くんですよ？　兄さんの代わりに決断してあげますから！」

正直、この頃の私はちょっと調子に乗っていたと思います。

お兄様を自在に操って、猛獣使いにでもなった気分でいました。お兄様の力は自分の力だと妄信して、舐めていたような気がします。

しかし……すぐにそのツケを支払う時がやってきました。

お兄様にアレコレと口では語れないことをされてしまったのです。

▽　▽　▽

その事件は私とお兄様が成人してしばらくの頃に起こりました。

当時、私は新しい収入源の獲得のために色々と試行錯誤をしていました。

長男は相変わらず、貴族ムーヴの誇大妄想を吐くばかりで大した収入はありません。

次男は婦女子の尻を追いかけた結果として村の女性を妊娠させてしまい、強制的に婿入りしています。今は義父に尻を叩かれて駄馬のように働かされているはずです。

お兄様は村の用心棒やら狩人やらをしており、生活に困らない程度の収入はあったのですが……日本という豊かな国で生きてきた記憶があるせいで、私は今の生活水準が物足りなく感じていました。

そのため、収入拡大を目指して、前世の知識を生かしたいくつかの産業に着手していました。

「妹ちゃん、それは何かな？」

「兄さん、これは蜂蜜酒ですよ。ようやく上手く作れたんです」

この地方ではブドウなどの果物は生産していないため、果実酒は作れません。

小麦などを使うエールも作れない。設備がないし、小麦は貴重な食糧のため無駄遣いする許可が出なかったのです。

蜂蜜酒は素人でもわりと簡単に作れます。蜂蜜を水で薄めて発酵させるだけでいいからです。

一定の度数以上の酒を製造することは日本では禁止されていましたが……この国にそんなルールはありません。

濃度を変えたり、酵母を加えたり、試行錯誤を繰り返したことで、ようやくまともな酒を造ることに成功したのです。

「二人で試飲してみましょう。上手くできていたら、行商人さんに売るのです」

「うん、僕ってお酒飲むの初めてだよ。本当に美味しいのかな？」

私達が完成したばかりの蜂蜜酒を試飲したのは、村はずれにある小屋。二人だけの秘密基地として使っている場所でした。

そこで人生初の酒を飲んだ私達でしたが……そこで初めて、お兄様の隠れた一面について知ることになります。

酒を飲んだお兄様はなんというか……すごかったです。

正直、半分くらいは私にも責任はあります。

私も今生で初めての飲酒に羽目を外して、面白半分に服をはだけて、お兄様を揶揄ってしまいました。

お兄様のことは家族以上に好きだったし、村の男よりは将来性もあると思っていたので、まあ既成事実ができたならそれでもいいかという甘い考えを持っていたのです。

しかし……すぐに間違いを悟ることになりました。

お兄様の内には獣が……否、武神や闘神とでも呼ぶべき暴力的な衝動が眠っていたのです。

アルコールによって解放されたそれは、すぐ近くにいた私の身体に向けられることになり……そこから先は筆舌に尽くしがたい展開です。

エッチなことをされて籠絡されるだなんて、そんなのは男性向けの都合のいい本の中の出来事だと思っていたのに。翌日の朝まで休まずに絶頂させられて、私はすっかりメロメロになってしまったのです。

お兄様の圧倒的な逞しさに一晩で完全に屈服した私は、「兄さん」から「お兄様」に呼び方を変えることになりました。

「お、お兄様……都会に行きましょう。お兄様はこんな田舎にいてはいけません……もっと広い世界に旅立たなくては」

「え？　急にどうしたのかな、妹ちゃん？」

「お兄様はもっと大きなことができる人間です。こんな田舎で燻っていてはいけません……飛べるところまで飛ぶのです！」

よく考えてみれば、わかることです。

訓練を受けているわけでもないのに、素手でクマを倒せるような人間が普通であるわけがありません。魔法が存在する世界だから感覚が麻痺していましたが……お兄様は十分に化物だったのです。

「う、うん。都会は怖いけど……妹ちゃんが言うのならそうするよ。妹ちゃんはいつだって正しいからね」

私が強く勧めると、お兄様は納得してくれました。

アレコレとした罪悪感のせいで、ますます私に逆らえなくなっていたからです。

「お兄様は謙虚で向上心が乏しいですが……だけど、本当はこんなものじゃない……！」

お兄様は……ヴァン・アーレングスは物語の主人公。

ただの転生者でしかない私など、お兄様の飾り役でしかなかったのです。

お兄様を活躍させるためにも、私は全力で支えなくてはならないのでしょう。


私の予想どおり、王都に出て騎士として仕官したお兄様は瞬く間に出世していきました。

騎士団に入団してからわずか一年で小隊長。さらに二年後には中隊長にまで繰り上げです。

盗賊団を一人で壊滅させたり、ドラゴンを剣一本で討伐したり……物語でしか聞いたことがないような英雄譚を地でやっていきました。

平民のために貴族からは疎まれていたものの……それを補って余りあるほどの実力に恵まれていたのです。

そして……中隊長になって、最初の任務が『ロイカルダン平原の戦い』への参陣。

そこで活躍しすぎたことにより、王太子からさらに疎まれて左遷が命じられることになります。

「い、妹ちゃん！　どうしよう……俺、騎士団をクビになって左遷されちゃうよ！」

理不尽な処分を命じられて、お兄様は私に泣きついてきました。

「左遷先は北国の寒い場所だって！　どうしよう……俺、寒いの苦手なんだよう……！」

「…………！」

きた。

とうとうやってきた。

この瞬間が……お兄様が天に向かって羽ばたく時が。

「お兄様、大丈夫です……私に良い考えがあります」

私だって、この時のために準備をしてきたのです。

図書館に通って知識を蓄え、商人や神官などの有識者と対話して人脈を築いてきました。

「お兄様……前に言っていましたよね、この国の王族が民を虐げているって。どうにかしたいけど、自分には何もできないって」

「う、うん……言ったけど、それがどうかしたのかな？」

「だったら……簡単なことです。民を救い、左遷も回避する簡単な方法があります」

「え……？」

自分に抱き着いて泣いている兄の耳元へと……私はそっと、その言葉を告げました。

「反乱、起こしましょうか？」

私が持っている知識は……前世の記憶も含めて、全てはお兄様の飛躍のためにあります。

とっくに覚悟はできているのです。お兄様を世界に連れていく、そのために私は日本から生まれ変わったのだと確信していました。

アイドラン王国が滅亡するのは、それからわずか一ヵ月後のこと。

お兄様の覇道は……そして、お兄様を世界一の王にする野望は第一歩を踏み出したのでした。

▽　▽　▽

さて……これで私の生い立ちについての説明は終わりになります。お楽しみいただけたでしょうか？

まだ物足りない？　もっと話を聞かせてくれ？

なるほど、なるほど。お兄様の英雄譚をもっと聞きたいのですね。気持ちはとてもよくわかります。

まだ時間もあることですし……次はお兄様が王となる以前に打ち立てた、偉業の一つをお聞かせいたしましょう。

『ロイカルダン平原の人喰い鬼』と呼ばれるお兄様の別の雷名……『竜殺しにして王殺し』。

その名前の前半部分。

竜殺しを成し遂げた時のお話を。

番外編　竜殺しの英雄

その村に破滅の危機が訪れたのは突然のことだった。

山間部にあった村に突如として、巨大な怪物が現れたのである。

「ギャアアアアアアアアアアッ！」

体長二十メートルを超える怪物は空から現れた。

それはトカゲによく似たフォルムをしていた。全身が赤黒い鱗で覆われており、感情の読めないギョロリとした眼球、生え揃った獰猛な牙、尻尾は長く伸びている。

だが……怪物の背中には、ただのトカゲにはあり得ない器官があった。

それは翼だ。怪物は背中の両翼を大きく広げて、村の中央に降り立ったのである。

「ギャアアアアアアアアアッ！」

「うわあああああああああっ！」

怪物が咆哮と共に灼熱の炎を吐いてきた。

その一撃によって、五人の村人が火に包まれて死んだ。逃げる暇もない、あっという間の出来事だった。

「逃げろ！　逃げるんだ！」

「殺されるぞ！」

他の村人が慌てて逃げ出すが、怪物はそれを気にした様子もなく焼け焦げた村人の死体を貪り食らう。

ひとしきり食事を終えると、怪物は再び両翼を動かして空に消えていった。

「ド、ドラゴン……」

生き残った村人の一人が、去っていく怪物を見上げてそうつぶやいた。

ドラゴン。それは最強と称される魔物の一つ。

翼を広げて天をはばたく空の支配者であり、地上の生態系の頂点に君臨している覇者だった。

山間部の村だけあって、魔物への備えはしているが……ドラゴンは明らかにその範囲を超えている。

その日から、ドラゴンはたびたび村の周りに現れるようになった。

家畜だけが襲われることもあれば、人間が喰い殺されることもある。

村人は絶望を体現したような脅威に震えて、いつ降りかかるかわからない死の影に怯えることになるのだった。

▽　▽　▽

「……ここか」

そんな村に訪れたのは、ヴァン・アーレングス。

当時、一介の騎士でしかない青年だった。

ヴァンはアイドラン王国の騎士団に所属していたのだが、上官の命令によって辺境の山間部にある名もなき村にやってきた。

この村には少し前から、魔物が出現して村人が襲われているらしい。

ヴァンは魔物の調査と討伐を命じられて、やってきたのだ。

「遠いよ……迷子になるかと思った……」

ヴァンが涙声でつぶやいた。

ここまでの道のりは決して、楽なものではなかった。

野を越え、川を越え、ろくに舗装されていない道を通ってやってきたのだ。

「おや、貴方はもしかして騎士様ですか？」

村の入口に立っているヴァンに、村人の一人が声をかけてきた。

五十前後の男性であり、顔はやつれて目元が窪んで、明らかに憔悴している。

「ああ、王都から魔物退治に来た」

「おお、来てくれたのですね……！」

男性が喜びに表情を明るくさせるが……すぐに、怪訝そうな顔になる。

「おや……他の騎士様はどちらにおられるのかな？」

「俺、一人だが？」

「は……一人……？」

男性の顔が途端に落胆と失望に変わった。

「村人の一人が陳情したはずですが……聞いていないのですか？」

「……魔物が出ると聞いたが？」

「魔物は魔物でもドラゴンです！　たった一人でどうにかなるわけがないでしょう!?」

男性が声を荒らげて叫んだ。

八つ当たりのような怒りが込められた訴えに、ヴァンが不思議そうに瞬きを繰り返す。

「ドラゴン……聞いていないな。大型の魔物が出たから退治してこいとだけ言われている。騎士ならば一人でも余裕だと」

ヴァンは気づいていなかったが……今回の仕事は上官からの嫌がらせである。

ヴァンは騎士団に入ってから日も浅いのだが、騎士として優秀な才覚を発揮していた。

平民出身のヴァンの活躍を面白く思っていない貴族の上官が、出る杭を叩くために無茶な任務を押しつけたのだ。

「そんな……せっかく、助けが来たと思ったのに……」

男性が項垂れる。

ドラゴンに村を襲われ、王都の騎士団に助けを求めて……ようやく、来てくれたと思ったら、若い騎士が一人きり。

天にも見放された気持ちになっているのだろう。

「あー……俺は……？」

男性が失意から黙り込んでしまい、ヴァンは困った様子で首を傾げる。

ヴァンは頭が良くない。こうして放置されると、何をしていいのかわからなくなってしまう。

「あの……すみません……」

「ム？」

「騎士様、よろしければこちらへ……」

同じく、村人らしき女性が話しかけてきた。

三十前後の女性であり、陰はあるが田舎の村人にしては整った顔立ちをしている。

「どうぞ、私の家に泊まってください……お部屋は余っていますから」

「ああ、助かる」

ヴァンは素直に女性の申し出を受けて、彼女の家に案内された。

連れてこられたのは小さな家屋である。寂れており、王都の騎士を泊めるような建物ではない。

「本来であれば、村長の家に泊まっていただくべきなのでしょうが……ドラゴンに焼かれてしまいまして、汚い所ですみません」

「いや、構わない」

ヴァンも田舎の村の生まれである。

彼女の家と似たり寄ったりであり、特に気にならなかった。

ヴァンは家の中に通されて、テーブルについた。

「申し遅れました……私はここの村人でアリーと申します」

「ヴァンだ。世話になる。ところで……」

ヴァンは軽く部屋の中を見回した。

さほど広くもない家の中であったが、椅子や棚に置かれている食器の数からして、一人暮らしとは思えない。

「ああ……夫と二人で暮らしていました」

「そうか……主人は？」

「殺されました。ドラゴンに」

「…………！」

ヴァンが軽く息を呑む。

アリーと名乗った女性がわずかに悲壮感を顔に浮かべて、説明をする。

「ドラゴンは一ヶ月前に現れました。なんの前触れもなく村に現れて、人間を襲うようになったのです。数日おきに村にやってきて、人や家畜を食べていきます」

「……逃げないのか？」

「逃げて、どこに行くというのですか？」

アリーが溜息混じりに微笑んだ。

「外に頼れる親類がいる者、財産がある者は逃げました。だけど、大多数の村人は外に出ても行く宛のない人間ばかりです。野垂れ死にすることがわかっていて、どこに逃げろと言うのでしょう」

「……すまん」

「いえ、こちらこそ失礼を……」

アリーが途方に暮れたように、両目を伏せる。

「夫はあまり良い人ではありませんでした。仕事は怠けるし、他の女性に色目を使うし、生活費をくすねて酒を買うし……正直、ロクデナシだったと思います」

「………」

「だけど……彼は私を庇って死にました。私を逃がすため、ドラゴンの前に立ちふさがって殺されたんです」

「……そうか」

ヴァンはなんて言っていいかもわからず、それだけつぶやいた。

気の利いた慰めでもできれば良いのだが……そんな気遣いはヴァンの専門外である。

「……すみません、お茶も出さずに」

「……いや、構わない」

「夫の部屋が空いていますので、今夜はそこを使ってください。明日になったら、王都に帰って助けを呼んでください。よろしくお願いします……」

「………」

アリーの言葉にヴァンは無言。

何も言うことができず、黙り込むのであった。

▽　▽　▽

「キャアアアアアアアアッ！」

「ドラゴンが出たぞおおおおおっ！」

しかし、翌日の早朝に事態は動いた。

村から悲鳴と怒号が上がり、何かを壊す音が聞こえてきた。

「…………んあ？」

ヴァンが目を覚ました。

寝ぼけ眼を擦りながら窓から外を見ると、村にある家の一つが潰れており、そこに巨大な怪物の姿がある。

「ドラゴン……ああ、初めて見たな」

寝起きだからだろうか。ヴァンがのんびりとした口調で言う。

現実を拒否しているようにも見える暢気な口調であるが……すぐに、そんなことは言っていられなくなる。

「あ……」

である。

「やめてっ！」

村にいる子供が襲われそうになっており、その前にアリーが盾となって立ちふさがったのである。

「やめてっ！」

アリーが叫んで、ドラゴンの前に立ちふさがる。

たまたま、井戸に水を汲みに出たところで出くわしてしまったのだ。

ドラゴンは村にある家の一つを潰して、そこから逃げ出てきた子供に襲いかかろうとしている。

(私……何をしているのかしら……？)

咄嗟《とっさ》に飛び出してから、自分が愚かな行動をとったことに気がついた。

しかし……後には引けない。

両手を広げて、後ろにいる子供をどうにか隠そうとする。

「この子には手を出させない！　食べるのなら私にしなさい！」

どうして、そんなことを口に出してしまったのかわからなかった。

その子供は顔見知りではあったが、親類というわけでもない。特別、親しい関係ではないはずなのに。

(もしかしたら……夫もこんな気持ちだったのかしら？)

勇敢さとは無縁だったはずの夫が自分を庇ってくれたのも、あるいは考えるよりも先に身体が動いた結果なのかもしれない。

「ギャアアアアアアアアアアッ！」

「ッ……！」

ドラゴンが大きな口を開いて、咆哮を放つ。

喉の奥に炎の固まりが見えて、アリーは自らの死を確信した。

「えいっ」

「ギャインッ!?」

しかし、その瞬間は永遠に訪れなかった。

急に現れたヴァンがドラゴンの横っ面に飛び蹴りを食らわせ、巨体を吹っ飛ばしたのである。

「き、騎士様……？」

「すまない。寝坊した」

ヴァンはそれだけ言って、身の丈ほどの大剣を片手で構えた。

「ギャオオオオオオオオオオッ！」

「ヒッ……！」

ドラゴンの絶叫にアリーが引き攣《つ》った悲鳴を上げる。

ドラゴンは怒っていた。激怒していた。

これまでのような食事とは違う。明らかな敵意を込めて、村を火の海にしようとする。

「五月蠅い」

しかし、ヴァンが大剣を一閃させた。

すると……灼熱の火炎を吐こうとしていたドラゴンの首があっさりと両断される。

「へ……」

「終わった」

あまりにもあっけなく、ヴァンが戦いの終わりを宣言する。

何人もの村人を喰い殺したドラゴンが……巨大な怪物が、あまりにも容易く討伐された。

「た、倒したぞ!?」

「ドラゴンが……本当に？」

「スゲエ！　一撃じゃないか！」

ヴァンがドラゴンの首を落としたのを見て、村人達が喝采の声を上げる。

現金なことに……その中には、昨日、一人でやってきたヴァンに失望を露わにした村人も含まれていた。

「騎士様、バンザイ！」

「バンザイ、バンザイ！」

「助かったぞ……オオオオオオオオッ！」

「…………」

口々に賞賛してくる村人に、ヴァンが困ったように首を傾げていた。

▽　　▽　　▽

その日の夜は宴だった。

村の人々は滅多に出すことのない秘蔵の酒を出して、ヴァンの勝利を祝った。

その宴には死んだ村人を見送る意味も込められており、盛大に行われた。

「乾杯！」

「ハハハッ！　ドラゴンめ、ざまあみろ！」

「親父の敵だ。チクショウめ！」

村人は酒を呑んで、涙を流しながら笑っていた。

彼らが喜んでいるのにはもう一つ、理由がある。ヴァンがドラゴンの死骸を村に寄付したのである。

「首から上だけ貰っていく。あとは好きにしてくれ」

ヴァンにしてみれば、任務達成の証拠さえあれば良い。首から下は持って帰るのも面倒だった。

ドラゴンの素材は鱗も骨も血肉も、あらゆる箇所が素材として高値で売れる。村の復興費用としては十分。それどころか、村を十倍に拡張することさえできるだろう。

ちなみに……勝手に素材を寄付したヴァンには、後に上官から雷が落ちることになる。

しかし、たった一人をドラゴン討伐に差し向けたことを隠すため、上官は泣く泣くドラゴンの首から下を諦めるのであった。

「うー……呑みすぎた……」

「大丈夫ですか、騎士様？」

宴もたけなわ。アリーがヴァンに肩を貸して、寝室まで運んできた。

酔い潰れた様子のヴァンを運びながら……アリーが静かに語りかける。

「……ありがとうございます。夫の、みんなの敵をとっていただいて。おまけにドラゴンの素材まで寄付してもらって」

そう語るアリーの顔は憑き物が落ちたようで、夫を喪ってから覆っていた陰が消えていた。

憎たらしくて仕方がなかったドラゴンも……あんなに簡単に倒されるところを見ると、憐れみすら抱いてしまう。

「何か、御礼をさしあげなくてはいけないのでしょうが……何がよろしいでしょう」

「んあ……ベッド……」

「きゃ……」

寝室にやってきて、酔っぱらったヴァンがベッドに倒れ込む。

一緒になって、アリーまで引きずり込まれてしまう。

「あ……」

ヴァンに押し倒される形になり、アリーが顔を赤く染めた。

彼女も女である。若く屈強な男に求められて悪い気はしない。

「騎士様……」

「う？」

見上げると、ヴァンの強く精悍な顔立ちがすぐ前にある。

御礼として差し出せる物があった。アリーは赤面しながら出会って二日目の男に身体を開く。

「アンッ……」

ヴァンの唇が首筋をくすぐり、両手がアリーの衣服を脱がしにかかった。

念のために補足しておくが、泥酔したヴァンに意識はない。

無意識ながらも、血のつながらない妹に焼きつけられた条件付けのままに、目の前の未亡人の熟れた肉体を貪り喰らう。


翌朝、ヴァンが目を覚ますよりも先にアリーは寝室から出ていった。

そのため、ヴァンはアリーのことを抱いたという意識もなく、ドラゴンの頭を抱えて王都に帰っていくことになる。

アリーはその数ヵ月後に一人の男児を産み落とすことになるのだが……子供の父親が亡き夫か、『竜殺しにして王殺し』となった英雄なのか、その答えは最後までわからず仕舞いの闇の中なのであった。

《了》

あとがき

初めましての方も、そうでない方もこんにちは。

永遠の中二病作家をしておりますレオナールＤと申します。

まずは本作を手に取ってくれた読者の皆様、出版にお力添えをいただいた方々に心より感謝を申し上げます。


ネット小説としてカクヨムにて連載していた本作をこうして出版することができて、とても嬉しく思っています。

両方読んでくださった方はお気づきだと思いますが、書籍版では肌色成分を大量増加してお送りさせていただきました。

主人公であるヴァン・アーレングスの破天荒ぶり、そしてヒロインとのイチャイチャっぷりを楽しんでいただけたらなによりです。

さて……ここからは本作のネタバレを含みますのでご注意ください。

この作品のテーマは『最強兄と腹黒妹』。覇王の素質を持っているけど大人しい性格の兄を妹が成り上がらせようとする物語です。

妹ちゃんの策略によってヴァンは王となり、どんどん国を広く強くしていきます。

国王になって最初は国内の掌握。続いて北のゼロス王国へと刃を向けましたが、東には巨大な軍事国家、西には海賊が蔓延る大海、南には獣人が住んでいる広大な森林。まだまだ攻略すべき場所はたくさん残っています。

多種多様なヒロインもぞろぞろと増えていき、最終的には三倍以上までハーレムが拡大していく予定となっています。

またどこかで続きの物語をお届けすることができれば感無量。最大の喜びです。

それでは、またお会いできる日が来ることを全ての神と仏と悪魔に祈って。

レオナールD

ブレイブ文庫
レベル1の最強賢者
～呪いで最下級魔法しか使えないけど、神の勘違いで無限の魔力を手に入れ最強に～
著作者:木塚麻弥　イラスト:水季
1～6巻好評発売中！
邪神の呪いでステータス固定の
チート賢者が誕生!!!
邪神によって異世界にハルトとして転生させられた西条遥人。転生の際、彼はチート能力を与えられるどころか、ステータスが初期値のまま固定される呪いをかけられてしまう。頑張っても成長できないことに一度は絶望するハルトだったが、どれだけ魔法を使ってもMPが10のまま固定、つまりMP10以下の魔法であればいくらでも使えることに気づく。ステータスが固定される呪いを利用して下級魔法を無限に組み合わせ、究極魔法らも強い下級魔法を使えるようになったハルトは、専属メイドのティナや、チート級な強さを持つ魔法学園のクラスメイトといっしょに楽しい学園生活を送りながら最強のレベル1を目指していく！
定価：760円（税抜）
©Kizuka Maya

唯一無二の最強テイマー
～国の全てのギルドで門前払いされたから、他国に行ってスローライフします～
原作：赤金武蔵　漫画：田村紘一
キャラクター原案：LLLthika
異世界還りのおっさんは終末世界で無双する
原作：羽々音色　漫画：ダンタガワ
ジャガイモ農家の村娘、剣神と謳われるまで。
原作：有郷　葉　漫画：たぢまよしかづ
キャラクター原案：黒兎ゆう

転生貴族の異世界冒険録
～カインのやりすぎギルド日記～
原作：夜州　漫画：香本セトラ
キャラクター原案：藻
レベル1の最強賢者
原作：木塚麻弥　漫画：かん奈
キャラクター原案：水季
我輩は猫魔導師である
原作：猫神信仰研究会　漫画：三國大和
キャラクター原案：ハム